CINQUIÈME ÉDITION

UNE MAISON CENTRALE

DE FEMMES

FIN DE LA SÉRIE DES

MYSTÈRES MONDAINS

PAR

ADOLPHE BELOT

PARIS

E. DENTU, ÉDITEUR

LIBRAIRE DE LA SOCIÉTÉ DES GENS DE LETTRES

Et de la Société des Auteurs dramatiques

PALAIS-ROYAL, 17 ET 19, GALERIE D'ORLÉANS

UNE MAISON CENTRALE

DE FEMMES

OUVRAGES D'ADOLPHE BELOT.

ROMANS

Le Drame de la rue de la Paix (3e édition).
L'Article 47 (10e édition).
Mlle Giraud ma femme (43e édition).
La Femme de feu (35e édition).
Deux Femmes (Habitude et Souvenir) (7e édition).
Hélène et Mathilde (11e édition).
Les Mystères mondains (9e édition).
Les Baigneuses de Trouville (8e édition).
Mme Vitel et Mlle Lelièvre (5e édition).

AUTRES ROMANS D'ADOLPHE BELOT ÉCRITS EN COLLABORATION

La Vénus de Gordes, avec M. Ernest DAUDET (5e édition).

Le Parricide,
Dacolard et Lubin, } avec M. Jules DAUTIN (5e édition).

POUR PARAITRE PROCHAINEMENT

Le Secret terrible.

UNE MAISON CENTRALE
DE FEMMES

FIN DE LA SÉRIE

DES MYSTÈRES MONDAINS

PAR

ADOLPHE BELOT

QUATRIÈME ÉDITION

PARIS

E. DENTU, ÉDITEUR,

LIBRAIRE DE LA SOCIÉTÉ DES GENS DE LETTRES

PALAIS-ROYAL, 17 ET 19, GALERIE D'ORLÉANS.

1875

MAISON CENTRALE

DE FEMMES

I

Le mardi 14 juin 187..., à dix heures du matin, Madame de Baud et Didier de Prades étaient introduits auprès du préfet de police qui avait donné des ordres à leur sujet.

— Eh bien! leur dit-il, vous avez lu?

— Toute la nuit et toute la matinée, répondit Marcelle.

— Vous devez être horriblement fatiguée?

— Je ne sens pas ma fatigue, je n'ai qu'une pensée, une idée fixe, retrouver ma fille.

— J'exige cependant que vous preniez un peu de repos, lorsque vous m'aurez quitté.

1

— J'essayerai, monsieur, je vous le promets.

Après les avoir fait asseoir devant son
bureau, le préfet reprit :

— Quelles impressions avez-vous ressenties
à la lecture de ce manuscrit ; partagez-vous
mon opinion ?

— Entièrement, dirent-ils ensemble.

— Vous n'avez pas le moindre doute, n'est-
pas ? C'est Mademoiselle Carmen Lelièvre qui
a volé votre enfant ?

— J'en suis certain, répondit M. de Prades,
tandis que Madame de Baud faisait un signe
de tête affirmatif.

— Bien. Ce premier point établi, nous ne
nous occuperons plus des mémoires de Mademoiselle Carmen que pour nous demander
si quelque détail de sa vie, une de ses confidences, peuvent nous donner une indication
sur les lieux où elle s'est retirée avec votre
fille.

— Je n'ai rien remarqué, monsieur, répliqua Marcelle, mais il ne faut pas trop vous fier à moi, j'ai l'esprit si troublé.

— Et vous, Monsieur de Prades? demanda le préfet en se tournant vers Didier.

— Dans les dernières notes, répondit-il, quelques lignes m'ont frappé. Mademoiselle Lelièvre parle de son père qui la rappelle au Brésil. Elle laisse entendre qu'un voyage en mer la séduirait assez, et qu'elle reverrait avec plaisir le pays où elle est née.

— Suivant vous, alors, après le vol de votre enfant, elle aurait gagné un port de mer et s'y serait embarquée?

— Je n'ai pas d'idée arrêtée à ce sujet, monsieur. Comme Madame de Baud, mon esprit est un peu fatigué par les émotions des jours passés et par cette longue lecture à laquelle nous nous sommes livrés corps et âme. Nous avons absolument besoin de vos lumières; sans votre concours, en ce moment surtout, nous ne saurions sortir des ténèbres qui nous environnent.

— Vous penchez cependant à croire, cela ressort de votre observation, que Mademoiselle Lelièvre est encore une fois retournée à Pernambuco.

— Oui, je l'avoue; mais je me suis dit, en même temps, qu'elle avait peut-être parlé de ces projets de voyage, dans le but de nous lancer sur une fausse piste, et de nous faire perdre ses traces.

— Oh! fit le préfet, je ne suis pas de votre avis. Lorsque Mademoiselle Carmen écrivait les lignes en question, elle ne pouvait avoir conçu le projet d'enlever votre fille. L'idée de ce crime ne lui est venue que plus tard, et alors elle renonce à compléter ses confidences; elle est trop prudente pour se livrer davantage. Elle n'ignore pas que l'article 345 du Code pénal punit de la réclusion toute personne qui s'est rendue coupable du crime d'enlèvement d'enfant. Je crois même que le jour où, pour les motifs exposés dans sa lettre d'envoi, elle a fait parvenir divers manuscrits à ses principales victimes,

Madame de Roizel et la marquise de Tourves, elle n'avait encore rien décidé à l'égard de votre fille ; s'il en eût été autrement, elle aurait supprimé l'épisode des Tuileries, de nature à la compromettre.

Si vous persistez à lui attribuer le dessein d'avoir voulu nous égarer dans nos recherches, il faudrait aussi supposer qu'elle a pu craindre que son manuscrit vous fût, un jour, communiqué. La pensée ne doit pas lui en être venue. Voyez quel concours extraordinaire de circonstances il a fallu pour que ces papiers tombassent en vos mains. D'abord Madame de Roizel me les a remis, ce qui n'était certainement pas dans les probabilités. Je les ai lus, autre improbabilité, ajouta le préfet de police en souriant, et certains détails qui auraient dû m'échapper ou s'effacer de mon esprit, m'ont frappé au point de me permettre de rattacher cette affaire à la vôtre. Enfin, Madame de Baud s'est adressée à moi, contrairement aux usages en pareil cas, et m'a fait une confession entière, ce qui sort

aussi peut-être des habitudes féminines ; si elle
n'avait pas eu la franchise de me parler de
vous, monsieur, de me dire les incidents de
votre carrière théâtrale, je n'aurais jamais
songé aux Mémoires de Mademoiselle Carmen
Lelièvre. Le hasard nous a seul servis, et si
bien servis, que j'ai confiance dans l'avenir.

— Que Dieu vous entende, Monsieur ! murmura Marcelle.

— Donc, reprit le préfet, Mademoiselle Lelièvre n'a pas supposé, un instant, que ces notes
seraient lues par vous. Si elle n'a rien écrit
au sujet du vol, ce n'est point par prudence,
relativement à vous, Madame, c'est par prudence vis-à-vis d'elle-même. Elle veut bien se
confesser d'une foule de méfaits répréhensibles
suivant la morale, mais que le Code pénal n'a
pas qualifiés et qu'il est impuissant à punir.
Elle arrive, par exemple, à surprendre et à di-
vulguer le secret des amours de Madame de
Tourves et de Monsieur de Sanneteyre. C'est
infâme, mais la justice ne peut lui demander

compte de cette action. Lorsqu'il s'agit de Madame de Roizel, comme l'affaire est plus délicate, elle prend déjà ses précautions et dévoile seulement ce qu'elle peut dire sans danger : elle rejette la plus grande partie des torts sur Madame Vitel et se garde bien de reconnaître qu'elle a écrit les deux lettres anonymes destinées à provoquer le rendez-vous de la rue de Provence. Sa détestable action frise cette fois le délit, les magistrats seraient en droit de s'émouvoir ; aussi n'avoue-t-elle rien, tout en permettant de tout supposer. Je me résume : Mademoiselle Lelièvre est sincère quand elle parle des lettres où son père la rappelle au Brésil, et du désir qu'elle éprouve de revoir ce pays. A-t-elle satisfait ce désir ? Telle est la question. Je suis tenté de le croire. Voici pourquoi.

Madame de Baud et M. de Prades se rapprochèrent davantage du préfet de police. Après avoir consulté quelques papiers, il reprit:

— Mes agents ne sont pas restés inactifs,

hier soir et ce matin. A peine m'aviez-vous
quitté que je les chargeais de retrouver les
traces de Mademoiselle Carmen Lelièvre, professeur de langues étrangères. Ils se sont mis
aussitôt en campagne, et le rapport suivant
m'est parvenu une demi-heure avant votre
arrivée : depuis le vingt-cinq mai dernier,
Carmen n'a plus donné de leçons. Elle prend,
par raison de santé, congé de ses élèves. Elle
veut sans doute avoir tout le loisir de s'occuper
de votre fille, de la rencontrer dans ses promenades et de préparer l'enlèvement. Elle
quitte, en même temps, un petit logement
garni qu'elle occupait rue Saint-Honoré et va
demeurer rue de la Victoire pour se rapprocher
de vous et dans l'espoir de faire perdre ses
traces, à l'aide de plusieurs changements de
domicile.

Cette espérance est déçue ; mes agents re-
trouvent aussitôt des indices de son passage,
dans un nouvel hôtel, rue d'Amsterdam, au
coin de la rue de Londres. Il lui est facile, de

la chambre qu'elle occupe au quatrième étage, de surveiller votre maison, vos allées et venues avec votre fille.

Le 11 juin, dès le matin, continua le préfet de police, Mlle Lelièvre règle ses dépenses, annonce qu'elle part en voyage et fait venir un commissionnaire, qui, sur son ordre, transporte ses malles à la gare du Nord, bureau des dépôts.

Le 12, jour de l'enlèvement, elle reparaît à la gare, vers neuf heures du matin, se fait délivrer les bagages déposés la veille, et charge un employé de les placer sur une voiture. L'employé obéit, reçoit son pourboire, referme la portière sur Mlle Lelièvre, mais ne peut se souvenir de l'adresse donnée devant lui.

Mes agents essayent alors de retrouver le cocher; ils n'y parviennent pas. Songez au nombre incalculable de voitures qu'exige le service d'une gare de chemin de fer, surtout un dimanche et un jour de courses. L'enquête continue et amènera peut-être un résultat,

1.

mais pour le moment nous avons perdu Mlle Carmen, ou plutôt il y a une sorte de solution de continuité dans nos informations.

Nous allons la revoir vers midi, rue d'Amsterdam. Elle rôde autour de votre maison et guette votre sortie. C'est le garçon d'hôtel qui nous donne ce renseignement : comme il traverse la chaussée pour jeter une lettre à la poste, il rencontre sa cliente de la veille au coin de la rue de Londres, l'aborde et lui dit :

— Madame n'est donc pas partie hier ?

— J'ai été obligée de retarder mon voyage d'un jour, répond-elle, et je viens, ce matin, dire un dernier adieu à votre quartier.

II

Le préfet de police repoussa les rapports où il venait de puiser ces détails, et, après un instant de silence, que ni Madame de Baud, ni M. de Prades ne songèrent à troubler, il reprit en ces termes :

— Le fil interrompu ne peut se renouer, malgré le zèle de mes agents. Ils ont retrouvé, vous le savez déjà, c'est le premier avis que je vous ai donné hier soir, la voiture dans laquelle Mlle Lelièvre s'est enfuie des Champs-Élysées avec votre fille ; mais vous savez aussi que le cocher s'est arrêté sur une place publique, et qu'il a bientôt perdu de vue la fugitive.

Tous les efforts de mes hommes, d'après les ordres très-précis que je leur ai donnés, ont eu, alors, pour but de savoir si dans la soirée du 12 quelqu'hôtel garni avait reçu une femme, répondant au signalement de Carmen, et accompagnée d'une jeune enfant. Rien de précis à ce sujet : des renseignements vagues, incomplets, qui se contredisent et peuvent nous égarer, au lieu de nous être utiles.

Une enquête dans les gares du chemin de fer semble, au premier abord, devoir amener de meilleurs résultats : les employés de la rue d'Amsterdam affirment avoir aperçu, dans les salles d'attente, une femme de petite taille, et qui portait dans ses bras une enfant endormie. Elle serait partie, suivant eux, par le train de minuit dix (ligne du Havre) et aurait pris un billet pour Mantes. Cependant les contrôleurs de cette station soutiennent que dans la nuit de dimanche ils n'ont pas vu descendre du train 53, passant chez eux à une heure vingt-sept, la voyageuse remarquée à Paris.

— Mais, fit observer assez vivement Didier de Prades, Mademoiselle Lelièvre, persistant dans son système, ne pourrait-elle pas, après avoir pris sa place pour Mantes, s'être arrêtée dans une autre localité?

— Sans doute, ces changements de destination ont lieu tous les jours, mais ils ne peuvent échapper aux agents de la compagnie, soit qu'ils aient à percevoir un supplément si le voyageur a dépassé sa station, soit qu'ils reçoivent un billet portant le nom d'une autre gare. Ce cas ne s'est pas présenté sur le passage du train 53.

— Voulez-vous me permettre une observation, monsieur? demanda tout à coup Madame de Baud.

—Certainement, Madame, répliqua le préfet de police, nous ne sommes pas trop de trois personnes pour percer ce mystère. Nous devons nous communiquer toutes nos pensées, tous nos doutes, présenter les objections qui nous viendront à l'esprit. De la discussion jaillit la lumière. Depuis le commencement de cet entretien il m'est arrivé d'émettre certaines idées, dans le but de vous voir les combattre et de me persuader que j'avais eu raison de les rejeter. Parlez-donc, Madame, je vous écoute religieusement.

— Mademoiselle Lelièvre, dit Madame de Baud avec un effort, car le nom de cette femme lui coûtait à prononcer, ne peut-elle avoir pris un billet pour Mantes, comme on l'a constaté, et avoir chargé n'importe qui, un voyageur ou un commissionnaire, de demander, au guichet, une autre place pour une station quelconque? Elle a déchiré le premier billet dont elle ne s'était munie que pour tromper sur ses projets ; elle a passé devant Mantes, sans s'y arrêter, et elle est descendue à la gare indiquée sur le second billet.

— Oui, Madame, répondit le Préfet, ce que vous dites a pu se faire. Mais, alors, Mantes n'aurait pas reçu le nombre de places délivrées à Paris pour cette localité et l'administration prétend que les chiffres sont d'accord.

— Oh ! Monsieur, reprit Madame de Baud, la femme dont il est question doit avoir pensé à tout. Au lieu de déchirer son billet, comme je le disais, elle l'a, sans doute, laissé tomber sur le quai, où un employé l'aura trouvé et apporté au contrôle.

— C'est possible, elle peut même avoir profité des quelques minutes d'arrêt à Mantes pour sortir avec son premier ticket et rentrer, une seconde après, en gare, avec le second pris pour une autre station. Nous sommes, je le vois, du même avis, et mes objections ont été combattues par vous comme ie le désirais.

Didier de Prades qui, depuis un instant, écoutait en silence, prit alors la parole.

— Je crains bien, fit-il, que notre vif désir de retrouver les traces de Mademoiselle Lelièvre ne nous égare. Je m'explique difficilement qu'après son crime, lorsqu'elle tenait dans ses bras la preuve vivante de ce crime, elle ait osé reparaître rue d'Amsterdam, à quelques pas de notre maison.

— Et moi, monsieur, répliqua le Préfet, je n'éprouve aucun étonnement à ce sujet, étant données l'audace et l'intelligence de celle qui nous occupe. Elle a supposé qu'on rechercherait l'enfant loin de sa demeure et non devant sa porte.

— Elle devait craindre, reprit M. de Prades, que Louise ne reconnût son quartier, ne poussât des cris, ne redemandât sa mère.

— Vous oubliez que, brisée par une journée de fatigue, l'enfant dormait, et qu'on avait compté sur ce sommeil et cet affaissement. Nous devons aussi nous rappeler que Carmen Le-

lièvre n'est pas pour la petite Louise une
étrangère. Depuis le jour où le hasard les
a réunies dans le jardin des Tuileries, elles se
sont vues souvent, toutes les fois, sans doute,
où madame de Baud n'a pu accompagner sa
fille. Carmen a capté, peu à peu, la confiance
de la pauvre enfant, qui a protesté lorsqu'on
l'a enlevée de sa chaise aux Champs-Élysées,
plusieurs témoins l'attestent, mais qui s'est
bientôt calmée, en se retrouvant auprès d'une
personne dont le visage lui était connu.

— Hélas! vous avez raison, monsieur, fit
Marcelle qui ne put retenir ses larmes,
je me souviens maintenant que Louise
m'a parlé d'une personne qui... Ah! c'est ma
faute, c'est ma faute si j'ai perdu ma fille; elle
n'aurait jamais dû sortir sans moi!

Afin de couper court à cet attendrissement
qu'il se reprochait d'avoir provoqué, le préfet
de police se tournant vers Didier ajouta :

— Du reste, monsieur, pour expliquer la
présence de Mademoiselle Lelièvre à la gare

de la rue d'Amsterdam, je puis invoquer un
motif plus puissant que tous les autres : elle
était obligée de s'y rendre pour gagner le
Havre.

— Le Havre ! elle est allée au Havre ! s'é-
crièrent à la fois M. de Prades et Madame
de Baud.

— Permettez, fit le préfet de police, je n'affirme rien, j'ai seulement quelques raisons de
croire à ce voyage.

— Comment aurait-elle osé, s'écria M. de
Prades, se rendre au Havre où elle a vécu
longtemps, où tout le monde la connaît ?

— Elle ne courait aucun danger, puisqu'elle
arrivait dans cette ville, à cinq heures du matin, pour en repartir une heure après.

— Repartir pour où ? demandèrent Marcelle
et Didier.

— Pour le Brésil, répondit le préfet de police.

III

Les dernières paroles, prononcées par le Préfet, ne pouvaient causer un grand étonnement à Madame de Baud et à M. de Prades. On se souvient, en effet, que l'idée d'un voyage au Brésil avait été précédemment émise par Didier.

— Un navire en destination de ce pays a donc quitté le Havre hier? demanda Marcelle d'une voix émue.

— Oui, madame. Hier lundi, à la marée descendante du matin, le *Lisboa,* navire portugais, a fait voile pour Rio-Janeiro. Par des affiches apposées, depuis un mois, dans Paris, et qui sans doute ont fixé l'attention de Mademoiselle Lelièvre, le capitaine annonçait son départ à jour fixe, et promettait de faire escale à Pernambuco et à Bahia. Le commissaire central de police du Havre, interrogé par moi, m'a télégraphié qu'une femme encore jeune, munie d'un passeport étranger et accompagnée d'une enfant, avait pris passage sur ce navire.

— Alors, il n'y a plus à douter, s'écria Marcelle. Ma fille n'est plus même en France ! Elle est, en mer, exposée à tous les périls. Si elle arrive au port, elle échappera certainement à nos poursuites dans un pays où la justice ne peut plus l'atteindre.

— De nos jours, Madame, répondit le Préfet, la justice française, lorsqu'il s'agit de crimes de droit commun, atteint les coupables dans la plupart des pays. Nous n'avons pas de traité d'extradition avec le Brésil, mais en vertu d'habitudes et de traditions diplomatiques, il consent à nous livrer nos criminels, après s'être assuré toutefois qu'ils sont régulièrement poursuivis.

— Que de démarches, de délais, de lenteurs ! Que de temps s'écoulera avant le jour où j'embrasserai ma fille, si j'ai jamais ce bonheur ! s'écria la malheureuse mère.

— C'est vrai, madame, et je vous plains de
toute mon âme, répondit le Préfet. Mais n'est-
il pas consolant pour vous d'avoir une espérance, sinon une certitude, de retrouver votre
enfant dans un lieu déterminé ? Elle s'éloigne
de vous, mais vous savez de quel côté elle se
dirige.

En vous rendant ce matin auprès de moi,
vous aviez l'espoir de la retrouver plus tôt. Si
Mademoiselle Lelièvre était restée en France,
si nous avions été assez heureux pour découvrir sa retraite, nous vous rendions aussitôt
votre fille. Même dans vos jours de découragement, vous vous seriez dit : Demain, peut-
être, je la presserai dans mes bras. Cette joie
immédiate vous est maintenant refusée ; il faut
attendre un mois, deux mois, trois mois peut-
être, et cependant, Madame, je ne crains pas
de le répéter, vous êtes plus avancée qu'hier,
vous êtes plus près de votre enfant, malgré **la**
distance qui vous en sépare.

Marcelle ne répondit rien, de grosses larmes

coulaient de ses yeux. Didier prit la parole à
sa place et demanda ce qu'il convenait de faire.
Ne fallait-il pas partir immédiatement pour le
Brésil, par un bâtiment à vapeur, arriver avant
Carmen, et lui arracher sa proie ?

— Croyez-vous qu'elle se la laisse aussi facilement arracher ? répliqua le préfet. Elle pro-
testera, elle criera, elle se défendra. Elle n'hésitera pas à soutenir que l'enfant lui appartient,
que vous êtes un imposteur. Elle est née au
Brésil et on sera tenté de lui donner raison
plutôt qu'à vous ; les lois de son pays la pro-
tégeront contre vos réclamations et vos vio-
lences. Non, un départ trop précipité comprome-
trait l'avenir. Vous ne pouvez quitter Paris
qu'avec des pièces en règle, destinées à vous préserver des finesses étrangères. Ces pièces même
ne doivent vous servir qu'à la dernière extrémité. Avant d'employer la force contre Mademoiselle Lelièvre, vous userez de ruse. Si
elle apprend votre arrivée au Brésil, si elle
vous sait armé contre elle, elle trouvera moyen,

dans ce pays qu'elle connaît à merveille, de
vous échapper avant que la justice, toujours
lente lorsqu'il s'agit d'extradition, ait consenti
à vous servir. Bref, pour triompher de cette
femme habile, pour la suivre sur son terrain
et l'y battre, il faudrait trouver une personne
dévouée, mais indirectement mêlée à l'affaire,
y apportant du zèle et non de la passion. Ce
n'est donc pas vous, Monsieur, que je voudrais
voir partir.

Il m'est, en même temps, difficile de mettre
à votre disposition un de mes agents. Sans
vous parler de certaines difficultés administratives, j'ai reconnu, depuis longtemps, qu'il ne
fallait pas les faire sortir de leur centre habituel d'opérations : au Brésil , ils seraient
dévoyés et ils ne tarderaient pas à perdre leur
flair. Il est en outre absolument nécessaire
que notre envoyé, quel qu'il soit, connaisse
Mademoiselle Lelièvre , puisse la retrouver
sous un déguisement et la démasquer si,
comme elle semble l'avoir fait en quittant la

France, elle continue à se cacher sous un faux nom.

— La personne que vous demandez, fit remarquer Didier, est impossible à trouver.

— Non, non, je la trouverai, s'écria Madame de Baud ! Je me charge de la trouver.

— Alors, madame, reprit le Préfet, envoyez-la moi dans huit jours, — huit jours au plus tôt ; je ne serais pas en mesure avant ce délai de la recevoir utilement. Je lui remettrai un passe-port en règle, les pièces judiciaires et les pièces diplomatiques qui lui sont nécessaires, et des instructions écrites que je rédigerai moi-même.

— Que de remercîments nous avons à vous faire, monsieur, ne put s'empêcher de dire M. de Prades.

— Je suis dans l'exercice de mes fonctions, repartit en souriant le Préfet.

— Il y a tant de manières de les exercer, fit observer Marcelle en lui tendant la main.

— Nous ne voulons pas abuser de vos instants, Monsieur, reprit Didier, nous allons nous retirer et attendre..... hélas ! Vous ne nous conseillez, n'est-ce pas, ajouta-t-il, aucune démarche en ce moment, aucune nouvelle recherche ?

— Ai-je dit cela ? répliqua vivement le préfet de police. Je vous conseille, au contraire, de déployer la plus grande activité, de ne pas laisser votre zèle se ralentir un seul instant.

— Notre activité, comment la dépenser? notre zèle, à quoi peut-il nous servir ? N'est-il pas évident que notre fille nous a été volée par Carmen Lelièvre?

— De toute évidence.

— Que pouvons-nous faire alors, puisque cette femme est en mer et qu'on ne peut l'atteindre ?

— Et si nous nous trompions ; si elle était en France.

— Vous dites ?

— Sans doute. Les indices que j'ai recueillis et certaines preuves morales justifient nos recherches au Brésil, mais ne me paraissent pas suffisants pour nous faire renoncer à toute poursuite à Paris et en France. Mes agents ont plus d'un rapport à me remettre au sujet de la mission que je leur ai confiée, plus d'un point encore obscur à éclairer. De votre côté ne négligez rien. Agissez comme si je vous avais refusé mon concours, comme si vous étiez livrés à vos propres forces. Oubliez qu'il a été question entre nous, ce matin, d'un embarquement présumé au Havre et d'une fuite au Brésil. Il serait trop pénible et trop ridicule d'aller chercher votre enfant au delà des mers si elle était auprès de vous. Nous devons envoyer en Amérique, à la condition toutefois de ne pas négliger la France.

— Vos conseils sont excellents, Monsieur, répliqua Didier, et nous les suivrons. Mais vous serait-il possible, au moment où nous allons prendre congé de vous, de nous dire de quel côté, si vous étiez à notre place, vous dirigeriez vos efforts?

— Du côté de Madame Vitel, répondit le Préfet ; si quelqu'un à Paris connaît le lieu où se cache Carmen Lelièvre, c'est son amie et peut-être sa complice.

—Sa complice ! répéta Didier. Si vous avez cette pensée, Monsieur, pourquoi ne pas interroger cette femme ? Pourquoi ne pas la poursuivre judiciairement ?

— Parce que nous n'avons, encore ici, aucune preuve réelle ; il s'agit seulement de probabilités. Enfin, je ne crains pas de confier ce secret à votre discrétion, nous voulons aujourd'hui être armés de toutes pièces, avant de nous attaquer à Lucrétia Vitel. L'expérience nous a démontré que ses moyens d'action, en haut lieu, sont nombreux et sa puissance d'autant plus considérable qu'elle est occulte. Son court exil, dont Carmen parle dans ses mémoires, a coûté cher aux personnes qui l'ont provoqué, sans parler de la vengeance personnelle exercée contre Madame de Roizel. Agissez donc seul, monsieur... et, dans votre intérêt, soyez prudent. La violence ne vous réussirait pas plus avec Madame Vitel qu'avec Carmen Lelièvre.

Quelques instants après, Madame de Baud et Didier de Prades prenaient congé du préfet de police et rentraient rue d'Amsterdam.

IV

Madame de Baud et M. de Prades ne se rencontrèrent avec leurs amis que le lendemain de la dernière audience du préfet de police. En s'engageant à les prévenir dans le cas où leur concours serait indispensable, ils avaient obtenu que M. et Madame de Saire consentiraient à prendre un repos complet. Ils ne crurent pas devoir devancer l'heure convenue, pour leur faire part des nouvelles qui leur avaient été données, et attendirent jusqu'au mercredi matin. Ils avaient eux-mêmes suivi les recommandations du préfet et, grâce au sommeil, recouvré de nouvelles forces pour la lutte qu'ils allaient entreprendre.

Lorsqu'ils se revirent, à neuf heures du matin, cette fois dans le joli boudoir de Madame de Saire, rue de la Madeleine, ils avaient sinon le cœur plus joyeux, du moins l'esprit calme, ouvert, préparé à les bien inspirer.

En quelques mots, Didier mit le jeune ménage au courant de la situation. Il lui dit les idées du préfet de police, au sujet de la fuite de Carmen Lelièvre en Amérique, et les conseils qui leur avait donnés sur la marche à suivre en cette circonstance.

— Ces conseils sont des plus sages, fit M. de Saire. Il est évident, mon cher Didier, que ce n'est pas vous qui devez vous mettre à la poursuite de cette femme. A sa vue, vous ne seriez pas maître de votre indignation et, dans un pays étranger, exposé à des soupçons de tout genre, protégé seulement par un consul, plus porté à s'occuper d'intérêts commerciaux que d'intérêts privés, vous arriveriez à commettre quelque faute dont nous aurions tous à nous repentir. Il est certain aussi que nous ne pouvons confier à un étranger, un simple mercenaire, même à un agent de police recommandé par la Préfecture, une mission aussi délicate que celle dont il s'agit. Une personne dévouée à nos intérêts ou un ami doit seul la remplir. Je cherche vainement autour de nous cet homme de confiance; je ne vois que moi et je m'offre à partir.

— Vous! vous! s'écrièrent à la fois Marcelle et Didier.

— Oui, moi. Croyez-vous que je n'aie pas les qualités requises : le calme et le sang-froid?

— Au contraire, fit M. de Prades, mais vos affaires?

— Oh! la Bourse en juin, en juillet et en août, lorsque toute ma clientèle court les champs....

— Non, non, s'écria Marcelle. Je suis touchée jusqu'aux larmes de cette offre; mais je ne vous séparerai pas de votre femme.

2.

— Cela ne te regarde pas, répliqua Lucile. S'il me plaît à moi d'être séparée de mon mari. Nous ne nous sommes jamais quittés depuis plusieurs années ; c'est dangereux. Une séparation temporaire ravivera nos amours.

— Ils n'ont pas besoin de cela, fit Madame de Baud, qui ne put s'empêcher de sourire.

Grâce à son amie elle avait, pendant une seconde, oublié sa douleur.

— C'est convenu, reprit Georges, je pars dans huit jours, lorsque le préfet m'aura remis mes papiers et mes instructions.

— Mon cher ami, fit observer M. de Prades, votre empressement à nous servir vous fait oublier que vous ne connaissez pas Mademoiselle Lelièvre.

—Allons donc! D'abord je crois avoir rencontré, de par le monde, cette affreuse petite femme. Je me souviens de cette figure parcheminée et de ce nez d'oiseau de proie. Puis, pensez-vous que ses mémoires lus si attentivement n'aient pas suffi à me renseigner

sur son compte ? Je la reconnaîtrais entre
mille.

— Surtout entre mille jolies femmes, répondit Lucile, qui voulait à tout prix distraire
Marcelle retombée dans sa tristesse.

— Mille jolies femmes, fit Georges, est-ce
qu'elles existent dans le monde entier ?

— Parbleu! puisqu'il y en a déjà deux ici.

— Ce n'est pas une raison ; nous sommes
dans un petit coin de terre privilégié.

— Mes chers amis, fit Madame de Baud,
insensible à ces plaisanteries et tout entière à
ses pensées, je vous jure que j'accepterais vos
offres de service, s'il le fallait absolument. Mais
j'ai besoin de vous à Paris, vous m'y serez d'un
grand secours, tandis que là-bas je puis envoyer
quelqu'un dont je réponds.

— De qui voulez-vous parler? demanda
M. de Saire.

— Du jeune homme chez qui vous êtes allé
l'autre nuit, et dont le concours nous a été si
précieux hier matin. Quelque chose me dit de

me fier à lui; malgré sa lettre écrite dans un moment d'égarement, je le crois un honnête homme. Vous avez la même opinion sur son compte, mon cher monsieur Georges; il vous a été tout de suite sympathique. Il est prêt, comme il l'a dit, j'en suis certaine, à se dévouer pour nous. Il connaît Mademoiselle Lelièvre, au physique et au moral; il a étudié ses goûts, ses habitudes, et il saura mieux que tout autre découvrir sa retraite. Il est aussi personnellement intéressé à la retrouver et à lui arracher l'enfant qu'elle a volé après avoir abandonné le sien.

— Cette petite fille, fit observer M. de Saire, doit être un empêchement au départ de Richard pour le Brésil. Il ne peut l'emmener avec lui : et que voulez-vous qu'elle devienne pendant son absence?

— Oh! c'est bien simple, dit Madame de Baud : qu'il me la confie, je la lui garderai.

— Y songes-tu? s'écria Lucile, elle est le portrait frappant de sa mère. Veux-tu donc avoir toujours, devant les yeux, l'image de celle qui te fait tant souffrir ?

— J'oublierai la mère, dit Marcelle, je ne verrai que l'enfant, et je lui ferai du bien, en souvenir de ma Louise.

Lucile n'avait plus envie de rire ; elle s'était jetée dans les bras de son amie, et lui disait en l'embrassant à pleines lèvres :

— Tu es charmante, tu es cent fois meilleure que moi. Il n'y a pas sur la terre une créature semblable à toi. Tiens ! je t'embrasse encore pour ce que tu viens de dire ; je t'embrasserais, jusqu'à demain, si je ne me retenais pas. Ton idée est excellente : prends la petite fille ou donne-la moi. Peu importe, nous sommes sœurs. Oh ! elle ne remplacera pas notre Louise bien-aimée, nous ne l'aimerons jamais la millième partie de ce que nous aimions l'autre, mais nous nous vengerons sur elle des tortures, des douleurs que sa mère nous cause. Pour toutes les larmes que cette femme nous fera verser, nous rendrons des baisers à l'enfant.

— Petite sotte, disait l'impassible Georges à Lucile, voilà que tu me fais pleurer.

— C'est de chagrin, fit-elle, d'être contraint à ne plus te séparer de moi. Cette idée de voyage te souriait assez.

— Je n'aurais jamais pu te quitter, murmura-t-il à son oreille. Je t'aurais emmenée.

— Menteur !

— Parole d'honneur.

— Je te revaudrai cela.

— J'y compte bien.

Pendant ce colloque intime, qui ne dura pas, du reste, une demi-minute, Marcelle et Didier avaient échangé quelques mots.

— Où allez-vous, mon cher ? demanda Georges à M. de Prades, en voyant celui-ci prendre son chapeau.

— Je vais chercher Richard et lui faire nos propositions.

— Je me charge de ce soin, répliqua M. de Saire. J'ai à régler avec lui certaines questions délicates qui nous regardent seuls Lucile et moi. Si je le trouve chez lui, je vous le ramène dans mon coupé avant une heure.

Une heure après, en effet, Richard, conduit par Georges, faisait son entrée dans le boudoir de Madame de Saire.

Il s'avança vers Marcelle et lui dit :

— Je suis à vos ordres, Madame. Je partirai pour l'Amérique quand vous l'exigerez.

— C'est bien, Monsieur, fit-elle en lui tendant la main, je n'en attendais pas moins de vous. De mon côté, je prends l'engagement de vous remplacer auprès de votre fille. Elle n'a pas eu de mère jusqu'à présent. Dites-lui qu'elle en a trouvé une, dites-lui même si vous le voulez, que sa mère est revenue et que je suis sa mère.

— Ah ! Madame, s'écria Richard, ému de tant de générosité, si Carmen Lelièvre, comme on le dit, comme je le crois aussi, s'est réfugiée au Brésil, je vous jure de vous ramener votre enfant.

— Alors, Monsieur, fit-elle, la vôtre et la mienne ne se quitteront plus.

Lucile s'était avancée.

— Voilà le voyage du Brésil convenu, fit-elle, M. Richard s'embarque et mon mari me reste. Je n'ai pas de chance. Mais laissons cela de côté et occupons-nous de Madame Vitel, comme nous l'a recommandé le préfet de police. Il y a trop longtemps que nous n'avons parlé de cette perfide, mais belle créature.

V

On fut immédiatement d'accord pour trouver que la démarche, conseillée par le préfet, auprès de Madame Vitel, était des plus importantes. Il ne s'agissait que de savoir lequel s'en chargerait de M. de Prades ou de M. de Saire.

Mais Georges, si empressé à s'offrir pour une lointaine expédition au Brésil, montrait quelque froideur à faire une courte visite dans Paris ou dans ses environs. Lucile elle-même

ne le poussait pas à cette démarche et paraissait lui savoir gré de sa réserve.

Avec son tact habituel, Madame de Baud
devina les sentiments auxquels obéissaient, en ce
moment, ses amis : les confidences de Carmen,
sur Lucrétia Vitel, avaient appris jusqu'à quel
point cette femme était dangereuse, et Madame
de Saire, toute confiante qu'elle fût dans l'amour
de son mari, trouvait inutile de l'exposer à des
séductions peut-être irrésistibles. De son côté,
Georges, très-sûr de lui, assez expérimenté
pour ne pas se laisser éblouir, et dont le passé
amoureux garantissait l'avenir, craignait d'éveil-
ler la jalousie de sa femme et de porter at-
teinte à la paix du ménage.

— Nous n'avons pas besoin de nous demander, dit Madame de Baud, lequel de ces deux
messieurs devra se rendre chez Madame
Vitel, car je considérerais comme contraire à
nos intérêts toute mission confiée à une personne qui ne connaîtrait pas cette dame. Sa
fausse situation dans le monde l'a rendue

3

susceptible, et elle serait tentée de voir un
ennemi dans l'étranger tombant à l'improviste
chez elle.

— Vous avez peur, dit en riant M. de Saire,
qu'elle ne me prenne pour un envoyé de la
Préfecture, chargé de lui signifier un second
ordre d'exil?

— Pas tout à fait, répliqua Marcelle, mais
l'ordre dont vous parlez, et auquel je songeais,
a dû la mettre en garde contre les figures nouvelles. Votre entretien avec elle, veuillez en
convenir, ne serait pas de nature à beaucoup
la flatter. Vous parleriez avec force réticences
et ménagements, soit, je n'en doute pas,
mais vous arriveriez toujours à ceci : J'ai lu
des mémoires, où l'on vous maltraite, de la
belle façon, et qui m'ont initié à quelques détails... scabreux de votre vie. Ils m'ont appris,
en même temps, que vous étiez l'amie de
Mademoiselle Carmen Lelièvre. Cette femme
s'est rendue coupable d'un crime, je viens
vous demander si vous n'êtes pas sa complice?

— Évidemment, fit en souriant M. de Saire, tel serait le fond de mon discours, la forme seule différerait.

— Alors, s'écria Lucile, malgré l'élégance de ta forme ou de tes formes, comme tu voudras, l'aménité de ton langage, la douceur de ton regard et la grâce de ton attitude, on te mettra poliment, ou péut-être même impoliment, à la porte.

— C'est absolument mon avis, répondit Georges.

— Vous ne pouvez donc faire aucune démarche auprès de Madame Vitel, reprit Marcelle. C'est M. de Prades seul qui doit la voir et lui arracher son secret... ou plutôt le secret de Mlle Lelièvre si elle le connaît, ce dont je doute. Didier a été témoin à Trouville de sa liaison avec Mlle Carmen et ne l'offensera pas en la lui rappelant; il peut avoir aussi, sur son esprit, une influence, à laquelle un étranger ne saurait prétendre. Il est plus naturel, enfin, qu'il vienne plaider lui-même la cause de son enfant, que de confier ce soin à un ami.

— Ces raisons sont excellentes, répliqua Georges et je m'incline. Laissez-moi, seulement, vous dire qu'il ne faudrait pas ajourner la visite en question; elle doit régler nos dispositions et nos démarches à venir.

— Je vais me rendre avenue de l'Impératrice, fit M. de Prades.

— Si vous vous annonciez par un mot, proposa Lucile.

— Gardez-vous-en bien, s'écria Georges. Sur ses gardes, Madame Vitel, pour un motif quelconque, pourrait refuser de recevoir Didier. Il vaut mieux la surprendre et ne pas lui laisser le temps de la réflexion.

— Mais, reprit Lucile, à cette époque de l'année, Madame Vitel ne doit pas être à Paris.

— Elle était aux courses dimanche, fit observer M. de Saire.

— Tu la connais donc?

— Parbleu ! de vue, comme tout le monde.
Est-ce que tu ne la connais pas, toi ?

— Oui, mais je ne la remarque pas.

Georges dédaigna de se défendre contre cette
attaque, et rejoignant Richard, qui se tenait
discrètement à l'écart, il le pria d'aller savoir
si Madame Vitel était encore à Paris.

Restés seuls les quatre amis discutèrent
différents points, formèrent divers projets.

Toujours désolée, les yeux souvent noyés
de larmes, lorsqu'un cruel souvenir se dressait
devant elle, Madame de Baud était cependant
moins désespérée que la veille. Le concours
que lui prêtait la justice, la sympathie qu'on
lui avait témoignée, l'affection de ses amis,
leur dévouement, le mouvement qui se faisait
autour d'elle, l'activité qu'elle était forcée de
déployer occupaient sa pensée, soulageaient
son cœur et permettaient à l'espérance de s'y
glisser.

Richard ne tarda pas à revenir : Madame
Vitel, comme la plupart des femmes qui sui-

vent la mode, avait attendu le jour du Grand
Prix pour quitter Paris, mais s'en était éloignée
le lendemain. Elle habitait, en ce moment, son
château des Grands-Bois, dans les environs de
Caen.

On se fit apporter un Indicateur des
chemins de fer et, après l'avoir consulté,
on convint que Didier et Georges pren-
draient le train d'une heure vingt. Ils
seraient à Caen vers huit heures du soir, et
Didier se rendrait, le soir même, aux Grands-
Bois, s'il pouvait y arriver à une heure convenable, ou bien il remettrait sa visite au lendemain matin. De Caen, à moins de confidences
importantes faites par Madame Vitel, les deux
amis gagneraient le Havre, se présenteraient
chez l'armateur du *Lisboa*, le navire portugais
parti pour le Brésil le lundi matin, et obtien-
draient de lui des renseignements nouveaux
sur la passagère signalée au préfet de police
et qu'on supposait être Carmen Lelièvre. Au
retour on s'arrêterait à diverses stations,

sans oublier Mantes, pour reprendre, en sous-œuvre, les recherches précédemment faites par les agents de la Préfecture.

Pendant ce voyage, Paris ne serait pas oublié; Richard le parcourrait dans tous les sens, essayerait de se rappeler les habitudes de Carmen et les lieux autrefois fréquentés par elle, interrogerait les propriétaires de la rue d'Amsterdam, les employés de la gare Saint-Lazare. Il se livrerait, enfin, à une seconde enquête destinée soit à compléter la première, soit à en rectifier les points défectueux.

Ce plan de campagne, conçu, discuté et bientôt arrêté, fut immédiatement mis à exécution.

Georges et Didier n'avaient que le temps de partir, s'ils ne voulaient pas manquer le train. Ils remplirent, à la hâte, un sac de nuit, firent leurs adieux et montèrent en voiture.

— Suis-je bête! s'écria, tout à coup, Lucile en rejoignant Marcelle, lorsque la voiture

eut disparu, crois-tu que ce voyage de quarante-
huit heures me produit de l'effet et que je
viens d'essuyer une larme.... toute petite,
c'est vrai... mais enfin c'était humide... Je ne
puis pas me le dissimuler, je l'aime, ce grand
mauvais sujet-là. Peut-on s'attacher ainsi à un
homme !

— Et tu voulais l'envoyer au Brésil !

— Permets, l'envoyer... avec moi. J'avais
eu la même idée que lui.

Tout à coup, Madame de Baud se souvint de
Richard. Il attendait au salon, séparé seulement
du boudoir par une portière, à moitié relevée.

Elle le rejoignit aussitôt et lui dit :

— Vous aurez besoin, monsieur, de toute
votre liberté d'action pour les démarches que
vous consentez à faire pour nous. Il est bon, en
même temps, que votre fille s'habitue, le plus
tôt possible, à celle qui est destinée à vous
remplacer auprès d'elle, pendant votre absence.
Allez la chercher et amenez-la moi.

— Elle couchera ici ce soir, ajouta vivement

Madame de Saire, car je te garde chez moi, ma chère Marcelle, jusqu'à ce que ces messieurs reviennent. Je me connais : si je restais seule dans ce grand appartement, j'aurais peur.

— Tu as peur, surtout, répondit Marcelle en l'embrassant, que le mien ne me rappelle de trop tristes souvenirs. Tu essayes toujours de donner le change sur tes meilleures pensées.... Mais si tu me connais, je te connais aussi.

VI

Dans l'après-midi, Richard présenta sa fille à Madame de Baud et à Madame de Saire. Il l'avait habillée, de son mieux, avec la robe et le chapeau des jours de fête. Carmen s'était montrée sévère, dans son jugement sur cette enfant : il ne serait venu à l'idée de personne de s'extasier sur sa beauté, mais ses grands yeux, que la fièvre des jours passés avaient un peu bat-

3

tus, son doux sourire, son air souffreteux, sa petite tête mélancoliquement penchée, sa physionomie intelligente, son regard triste et rêveur la rendaient sympathique.

Étonnée de se trouver dans ce salon, dont le luxe était nouveau pour elle, toute confuse à la vue de ces deux étrangères qui l'observaient en silence, elle s'était rapprochée de son père, avait pris sa main et se pressait contre lui.

Marcelle voulut rompre la glace, elle fit un pas vers l'enfant et ouvrit la bouche pour lui souhaiter la bienvenue. Mais son courage l'abandonna, elle avait trop compté sur ses forces : la vue de Jeanne ravivait ses douleurs. Cette enfant ne lui rappelait pas Mademoiselle Lelièvre, comme on l'avait craint ; elle lui rappelait sa fille. Elle n'obéissait pas à un sentiment de répulsion et de colère ; le crime de Carmen ne se dressait pas entre Jeanne et Madame de Baud. Non, c'était le souvenir de Louise qui prenait une forme et un corps.

Elle s'était jetée sur un siége, et, courbée en

deux, les coudes sur les genoux, la tête dans les mains, elle pleurait.

Jeanne semblait la comprendre, et l'on devinait que son petit cœur était tout gros.

Richard ne savait quelle contenance garder et ce qu'il convenait de faire. Il hésita, puis croyant devoir éloigner celle dont la vue causait une si douloureuse impression, il se baissa, prit l'enfant dans ses bras, et lui dit à l'oreille :

— Viens, viens, tu fais mal à la dame.

Mais la petite fille ne voulait pas s'en aller ; elle s'était tournée vers Marcelle et la regardait attentivement.

Alors Lucile s'avança et dit à Richard :

— Ne l'emmenez pas, remettez-la par terre et laissons-la faire.

A travers ses sanglots, on entendait Madame de Baud murmurer des phrases entrecoupées.

— Louise, Louise, ma Louise, disait-elle... où es-tu ?... que fais-tu ?... que fait-on de toi ? Mon Dieu ! mon Dieu ! Si je ne dois pas la revoir, qu'elle ne souffre pas au moins... Elle était si heureuse auprès de moi... je la soignais avec tant d'amour... Quel changement dans ses habitudes !... Si elle allait ne pas pouvoir supporter sa nouvelle existence... si elle allait dépérir et mourir... Ah ! cela vaudrait peut-être mieux. Je ne veux pas qu'elle souffre, j'aime mieux qu'elle meure..... Non, non... qu'ai-je dit ? Laissez-moi la revoir un instant... rien qu'un instant... Son regard, mon Dieu ! son joli regard, laissez-le encore se fixer sur moi..... et ce sourire que j'adorais, permettez-moi de l'entrevoir... Qui donc prend soin en ce moment de ses longues boucles blondes dont j'étais si fière... Ah ! c'est mon orgueil qui m'a perdue... Dieu m'a châtiée dans ma fille !

Jeanne, seule au milieu du salon, regardait toujours et maintenant écoutait.

— Ah ! ces larmes me font du bien, disait encore Marcelle... qu'on me laisse pleurer... mes larmes m'étouffaient... Tu n'es pas malheureuse, n'est-ce pas, ma chère adorée ?...

Non, cette femme t'a volée pour faire souffrir ton père et moi... Elle ne t'en veut pas, elle ne t'en veut pas... au contraire... Ah! mon Dieu, si elle allait se faire aimer de ma fille, si elle allait... Elle l'embrasse peut-être, elle la tient dans ses bras, elle la caresse... Oui, n'avoue-t-elle pas dans ses mémoires qu'elle aurait adoré une jolie enfant. Alors, elle adore ma Louise... Ah! c'est affreux, c'est affreux... les lèvres de cette femme sur le front de ma fille, sur ses lèvres!

Elle se reculait, pressait ses mains sur son visage, et l'on entendait toujours ses sanglots.

— Je te vois en ce moment, reprenait-elle absorbée par une autre idée, je te vois, tu as ta robe blanche aux grands rubans roses... Je viens de rentrer... tu m'aperçois... tu me tends les bras et tu cours vers moi en criant : Mère! mère!

— Mère! mère! répéta la petite Jeanne.

En même temps elle s'élançait vers Madame de Baud et se pendait à son cou.

D'un bond Marcelle se releva, entraînant l'enfant, puis elle la tint suspendue devant elle et la regarda longuement.

Tout à coup ses bras allongés se replièrent, elle serra la petite fille contre son cœur et on l'entendit murmurer :

— Mon Dieu ! je veux être bonne pour celle-là, je veux l'aimer pour qu'on ne fasse pas souffrir ma Louise.

Alors s'avançant vers Richard :

— Pardonnez-moi, monsieur, lui dit-elle, ce moment de faiblesse. J'espère n'en plus avoir. Je ne veux plus attrister votre fille ; et s'adressant à Jeanne :

— Veux-tu m'aimer ? lui demanda-t-elle.

— Je veux bien, fit l'enfant sans hésiter.

— Pourquoi m'appelais-tu ta mère ?

— Je ne sais pas, j'ai dit comme toi. Est-ce que tu me défends de dire cela ?

Marcelle hésita, puis répondit :

— Non, appelle-moi comme tu voudras.

— Qui ça est Louise ? reprit la petite : tu disais tout à l'heure : Louise ! Louise !

Richard voulut intervenir.

— Laissez-la, fit Marcelle ; il faut que je m'habitue et, se retournant vers Jeanne :

— Louise est une autre de mes filles, dit-elle.

— Ah ! je veux la voir. Où qu'elle est ?

— On me l'a prise, balbutia Madame de Baud.

— Qui ça ? et sans attendre une réponse à sa question, avec cette mobilité d'esprit propre aux enfants, on te la rendra ! dit-elle.

— Tu crois ? s'écria Marcelle.

— Oui.

— Qu'est-ce qui te fait croire cela ?

— Personne, mais je prierai le bon Dieu et Louise reviendra pour jouer avec moi.

— Prie alors, prie... s'écria Marcelle en déposant Jeanne sur le tapis.

— Je veux bien, dit l'enfant.

Elle alla s'agenouiller dans un coin, devant

un fauteuil, et on l'entendit murmurer une prière.

— Vous l'avez élevée pieusement, monsieur, dit Madame de Baud à Richard ; je vous en félicite, et lorsqu'elle sera seule avec moi, je ne lui laisserai pas oublier ses prières.

VII

Pendant que cette scène intime se passait à Paris, rue de la Madeleine, M. de Saire et M. de Prades se dirigeaient sur Caen, où ils arrivèrent avec quelques minutes de retard. Ils prirent aussitôt leurs renseignements auprès d'un homme du pays : il fallait, au moins, une heure et demie pour se rendre en voiture aux Grands-Bois, la propriété bien connue de M. et de madame Vitel. Le temps d'atteler, de revenir chercher les voyageurs prendrait encore une demi-heure, et l'on ne pouvait pas espérer arriver à destination avant onze heures du soir.

Georges crut devoir conseiller à Didier de remettre au lendemain la visite projetée ; elle avait trop d'importance pour qu'on risquât de la faire dans de mauvaises conditions.

— Nous arrêtons votre voiture pour demain, dit M. de Saire au voiturier. Ce soir, conduisez-nous dans un bon hôtel.

— A l'hôtel d'Angleterre alors. Ces messieurs ne prennent pas l'omnibus ?

— Non. Nous préférons marcher.

Chemin faisant, Georges ne perdant pas de vue sa mission, voulut faire parler l'homme qui l'accompagnait. Il s'était dit que Carmen pouvait avoir eu l'idée de se rendre chez son amie, madame Vitel, avant de partir pour l'Amérique, et il trouvait utile de prendre quelques renseignements, auprès des gens du pays.

— Vous amenez, demanda-t-il, beaucoup de voyageurs au château des Grands-Bois ?

— Non, monsieur, les propriétaires reçoivent très-peu de visites.

— Je croyais cependant qu'une dame, accompagnée d'une petite fille, s'était rendue dernièrement chez eux.

— Oh! non, monsieur, je l'aurais conduite.

— Madame Vitel peut avoir envoyé une de ses voitures.

— Je m'en souviendrais; ça se remarque les voitures de M. et madame Vitel : c'est si bien attelé! Comment est-elle votre dame? Peut-être qu'elle est allée par la diligence de Cabourg : les Grands-Bois sont dans cette direction.

— C'est une petite femme, maigre, chétive, assez laide, très-simplement mise.

— Et l'enfant, quel âge?

— Trois ans et demi à quatre ans.

— Jolie, bien portante?

— Oui.

— Le tout est de s'expliquer. J'ai vu, en effet, ces gens-là lundi dernier; c'est bien le monde que vous cherchez.

— Lundi? Vous ne vous trompez pas ?

— Non, c'est bien lundi.

— Et cette dame a pris la diligence de Cabourg pour se rendre chez madame Vitel?

— Elle n'allait pas aux Grands-Bois, elle partait pour le Havre, elle a pris le bateau.

— A quelle heure?

— A trois heures de l'après-midi. Du reste, si ces messieurs veulent venir avec moi jusqu'au bateau; il est là-bas au quai. Nous trouverons, à bord, quelqu'un qui pourra donner des renseignements sur les deux voyageuses.

Les renseignements, recueillis par Didier et Georges, furent entièrement conformes aux affirmations du loueur de voitures. Une femme, dont le signalement semblait répondre à celui de Carmen, et une petite fille de quatre ans, qui paraissait être le portrait frappant de Louise, avaient pris passage, le lundi précédent, sur le bateau de Caen au Havre.

Le capitaine, frappé de la grâce et, en même temps, de la tristesse de l'enfant, s'approcha d'elle pour lui parler et essayer de la distraire ; mais la mère s'empressa de changer de place et d'éviter toute conversation.

— Veuillez, monsieur, dit Georges au capitaine, m'apprendre l'heure précise à laquelle vous êtes arrivé au Havre lundi ?

— A six heures et quelques minutes.

— Six heures du matin ?

— Non, six heures du soir.

— Vous en êtes certain ?

— Parbleu !

— C'est juste, mon insistance est ridicule ; mais ces détails ont une si grande importance pour nous.

M. de Saire et M. de Prades se communiquèrent leurs observations : la femme et la petite fille remarquées, dans la gare, par le loueur de voitures, étaient évidemment les voyageuses du bateau. Elles pouvaient être aussi les personnes signalées comme ayant pris, rue d'Amsterdam, le dimanche, à minuit, leurs billets pour Mantes. Après s'être arrêtées en route, elles étaient arrivées à Caen, le lendemain lundi, dans l'après-midi. Mais, alors, elles n'avaient aucune espèce de rapport avec les deux passagères qui s'étaient embarquées pour le Brésil, le lundi matin.

Didier et Georges se trouvaient sur deux pistes. Quelle était la bonne?

Ils se demandaient aussi s'il n'y avait pas plutôt une erreur : le *Lisboa* n'avait-il pas mis à la voile, le soir, au lieu du matin, comme on l'avait télégraphié au préfet de police? Quant à la femme et à l'enfant, dont il était question dans le même télégramme, ressemblaient-elles à Carmen et à Louise autant que les deux voyageuses de Caen au Havre paraissaient leur ressembler?

Il importait de prendre au plus tôt des informations verbales et complètes à ce sujet.

— Quand partez-vous pour le Havre, monsieur, demanda Georges au capitaine?

— Entre cinq heures et cinq heures et demie du matin, lorsque nous aurons assez d'eau pour quitter le quai.

— Combien de temps dure la traversée?

— Trois heures environ, dont la moitié dans la rivière de Caen, l'autre en mer.

— Et vous reviendrez?

— Seulement par la marée suivante.

— C'est malheureux; notre présence est indispensable ici, demain, dans l'après-midi, et nous sommes obligés aussi de nous trouver, au Havre, dans la matinée.

— Rien de plus facile; vous arriverez avec moi entre huit et neuf, vous courrez à vos affaires et, à dix heures, vous monterez dans le bateau de Trouville qui fait, en ce moment, deux voyages par marée. A Trouville, vous trouverez facilement une voiture pour vous conduire à Caen. Mes indications sont des plus précises; je suis appelé à renseigner chaque jour les voyageurs.

— Nous les tenons pour excellentes, capitaine, répliqua Georges, et elles nous seront d'une grande utilité, car nous prendrons passage sur votre navire, demain à cinq heures du matin.

— Soyez exacts.

— Rassurez-vous, nous ne voyageons pas pour notre plaisir.

M. de Saire et M. de Prades gagnèrent l'hôtel d'Angleterre, se firent servir à souper et montèrent dans leurs chambres, après avoir donné l'ordre de les réveiller pour le départ du bateau. Didier manifesta l'intention de ne pas se coucher, dans la crainte d'être en retard le lendemain, mais Georges s'y opposa, sous le prétexte que son ami aurait besoin, dans son entretien avec madame Vitel, de toute sa lucidité.

Comme l'avait promis le capitaine, le bateau arriva, vers neuf heures du matin. Sans perdre un temps précieux, M. de Prades et M. de Saire se firent immédiatement conduire chez l'armateur, qui se mit, avec la meilleure grâce du monde, à leur disposition.

Depuis le 1.er juin, le passage d'une dame, se disant portugaise, avait été arrêté sur le *Lisboa*. Elle avait envoyé, de Paris, une traite représentant la moitié du prix convenu pour Pernambuco, Bahia ou Rio-Janeiro à son choix, sans déclarer d'une façon précise dans lequel de ces ports elle comptait s'arrêter. On ne pouvait représenter aucune lettre d'elle, sa correspondance s'étant bornée à deux dépêches télégraphiques dont la signature était illisible; mais, le jour de son embarquement, elle avait remis un passeport étranger au nom de Juana Sanchez, âgée de vingt-cinq ans, née à Maraham (Brésil) et de sa fille Dolorès.

— Quel âge donnait-on à cette enfant? demanda M. de Prades.

— Deux ans, répondit l'armateur.

— L'avez-vous vue?

— Parfaitement, dans ce bureau, à la place où vous êtes.

— Vous a-t-elle paru plus âgée que ne l'indiquait le signalement?

— Oui, et je n'ai fait aucune observation, à ce sujet, car le passeport avait un an et demi de date.

Georges et Didier se regardèrent. L'âge de la petite fille, désignée sous le nom de Dolorès, était exactement celui de Louise ; mais, comment Carmen, depuis un an et demi, s'était-elle munie d'un passeport pour une enfant qu'elle ne songeait pas encore à voler, dont elle ignorait même l'existence ?

— Cela peut s'expliquer, répondit aussitôt M. de Saire. Dans ses mémoires, Mademoiselle Lelièvre parle du projet de fuir au Brésil avec sa fille. Elle s'est alors procuré les papiers dont elle pouvait avoir besoin. Le voyage n'a pas eu lieu. Mais elle avait conservé le passeport et elle vient de s'en servir.

— Pourquoi, dans ce cas, fit observer Didier, était-il délivré par une ambassade étrangère et non par la préfecture de police ? Lorsqu'elle l'a demandé, rien ne l'obligeait à garder l'incognito, puisqu'elle partait avec sa propre fille ?

4

— Permettez, répéta Georges, elle avait, au contraire, un grand intérêt à se cacher pour n'être pas poursuivie par Richard, à qui elle enlevait une enfant adorée. Je vous ferai, du reste, mon cher ami, une autre observation; rien ne prouve que le passeport présenté par Mademoiselle Carmen lui appartienne. Il peut lui avoir été prêté par une de ses compatriotes, résidant à Paris, et décidée à s'y fixer. Ces complaisances illégales ont lieu, tous les jours, surtout dans un moment où il est grandement question de supprimer les passeports.

Ces réflexions échangées, Georges et Didier reprirent leur conversation avec l'armateur. Il voulut bien faire un appel à sa mémoire et leur tracer, le plus fidèlement possible, le portrait de ses deux passagères.

Cette fois encore on aurait juré qu'il s'agissait de Carmen et de Louise.

— Maintenant, monsieur, dit Georges, une dernière question, je vous prie. Nous l'avons réservée pour la fin, parce que nous

avions peur que votre réponse, hélas! prévue,
ne nous décourageât, dès le commencement de
cet entretien.

— Parlez, Messieurs.

— C'est bien lundi que le *Lisboa* a mis à
la voile? fit M. de Saire qui ne pouvait se défendre d'une certaine émotion.

— Oui monsieur, c'est bien lundi, répondit
l'armateur.

— A quelle heure, je vous prie, le navire
est-il sorti des bassins?

— A sept heures du matin environ.

— Du matin? répéta Georges en insis-
tant.

— Oui, du matin.

— Et la passagère dont nous venons de parler était à bord; elle n'a pas rejoint le *Lisboa*,
en rade, dans la journée?

— Non, c'est moi qui l'ai conduite sur le
quai et elle s'est embarquée sous mes yeux.
Elle m'a dit être arrivée, le matin même, par
l'express parti de Paris à minuit dix.

— Et ses bagages ?

— Ils l'avaient devancée depuis la veille.

— L'enfant qui était avec elle se laissait emmener sans protestations, sans cris, sans larmes ? demanda M. de Prades.

— Elle était abattue, paraissait fatiguée du voyage et sommeillait parfois ; je ne l'ai pas entendue se plaindre.

Didier et M. de Saire prirent congé de l'armateur. Ils n'avaient plus aucun renseignement à lui demander. Hélas ! ils se trouvaient plus embarrassés, après cette visite, qu'ils ne l'avaient jamais été. Des deux femmes dont il était si souvent question, depuis la veille, et qui, toutes les deux, ressemblaient à Carmen, quelle était celle qu'ils cherchaient : la voyageuse arrivée à Caen, le lundi, et partie, à trois heures de l'après-midi, par le bateau de Caen au Havre, ou bien la passagère du *Lisboa*, qui avait pris la mer, à sept heures du matin, le même jour ?

Fallait-il partir pour le Brésil à la recherche

de Mademoiselle Lelièvre, ou se mettre à sa poursuite en France ?

Enfin, dernière hypothèse : Carmen n'avait-elle aucun rapport avec ces deux inconnues ?

VIII

Après avoir quitté l'armateur, Georges et Didier, suivant à la lettre les recommandations qui leur avaient été faites, montèrent dans le bateau et débarquèrent, à Trouville, vers onze heures du matin.

Pendant que M. de Saire se mettait en quête d'une voiture, Didier, resté seul, regardait avec tristesse ce pays, où il avait eu la malencontreuse idée de s'arrêter, plusieurs années auparavant. C'était de Trouville que dataient ses déceptions, ses insuccès, sa chute, et la douleur qui l'accablait. Dans cet hôtel des Roches-Noires qui se dressait superbement là-bas, à l'extrémité de la plage, il avait

4.

connu Carmen et s'était fait d'elle une implacable ennemie. Bientôt les beaux rêves de
l'artiste s'évanouirent ; il fut outragé sur la
scène où sa réputation avait pris naissance....
et, maintenant, il était cruellement atteint dans
ses plus chères affections.

Georges vint l'arracher à sa rêverie. Ils
montèrent en voiture et prirent la route de
Caen par Deauville, Villers, Beuzeval et Houl-
gate. A Dives, ils s'arrêtèrent. Georges attendit,
sur la route, la diligence de Cabourg, qui devait
le ramener à Caen. M. de Prades, au contraire,
se dirigea vers la propriété de M. et Mme Vitel.
Les deux amis n'avaient pas jugé prudent de
se faire voir ensemble aux alentours des
Grands-Bois. Comme on s'en souvient, il avait
été convenu entre eux, que Didier ne devait
pas, aux yeux de Lucrétia, paraître avoir un
confident.

Vers quatre heures de l'après-midi, la voiture
de M. de Prades s'arrêtait à l'entrée de la
grande avenue qui conduit au château. Cette

demeure, une des plus belles de la Normandie,
est, en son genre, aussi luxueuse que l'hôtel
de l'avenue de l'Impératrice. Elle a été payée
quinze cent mille francs par M. Vitel.

Didier défendit à son cocher de pénétrer
dans le parc. Il voulut faire la route, à pied,
afin d'être moins remarqué, et d'arriver, s'il était
possible, jusqu'à Madame Vitel, sans avoir été
annoncé. Il comptait sur les hasards de la vie
à la campagne, pour rencontrer Lucrétia, en promenade dans une allée, ou bien assise sous
une charmille.

Son espoir fut déçu : la partie du parc qu'il
eut à traverser était déserte.

Dès qu'on le vit du château, un domestique
courut à sa rencontre : la maison de Mme Vitel
était aussi bien tenue aux champs qu'à la ville.

Il demanda si la maîtresse du lieu pouvait
le recevoir. Comme il s'y attendait, on le pria
de dire son nom. Il essaya d'éluder la question,
en répondant qu'on ne le connaissait pas et
qu'il venait de Paris pour affaires.

Le domestique se contenta de ce renseignement. Allait-il suffire à Madame Vitel ? Ce n'é-
tait point probable. Elle exigerait le nom de son
visiteur et fermerait peut-être sa porte lorsqu'elle le connaîtrait. En admettant que Didier,
décidé à la voir, et à faire bon marché des usages observés entre gens du monde, se débar-
rassât des domestiques, et se mît à la recherche de la propriétaire du lieu, quelle chance
avait-il de la trouver, dans ce vaste château,
dont il ignorait les coins et recoins?

Tandis que, tout tremblant à l'idée de n'être
pas reçu, il attendait dans le petit parloir, où
on l'avait fait entrer, le retour du domestique,
il aperçut à deux pas de lui, sous la croisée et
devant un magnifique massif de roses, M. Vitel, coiffé d'un chapeau de paille, en veste de
coutil, un sécateur d'une main, un arrosoir de
l'autre.

Didier eut aussitôt l'idée de se servir du
mari comme introducteur, auprès de la
femme. Il le connaissait assez pour réclamer

de lui ce service, et comme il ne s'était jamais rendu coupable d'aucun méfait à son égard, il ne pouvait craindre de se trouver inscrit sur la fameuse liste, dont il a été souvent question.

Il s'avança donc vers la croisée et toussa pour attirer l'attention du jardinier-propriétaire. Ce manége réussit ; M. Vitel, interrompant ses occupations, leva la tête, aperçut Didier, et le reconnut.

— Que faites-vous donc là, mon cher monsieur ? lui dit-il. Je ne vous savais pas aux Grands-Bois ; on ne m'avait pas prévenu de votre présence !

— J'arrive, répondit M. de Prades, et l'on vous cherche sans doute, car j'ai fait demander si vous pouviez me recevoir.

Ces paroles, comme l'espérait Didier, mirent de belle humeur M. Vitel : les amis de Lucrétia négligeant, d'ordinaire, de s'occuper de son mari.

— Je vous rejoins, fit-il, veuillez m'attendre une seconde.

En effet, la porte du parloir s'ouvrit presque aussitôt devant M. Vitel qui s'était empressé de gravir les marches d'un perron
voisin et d'entrer dans le château, après s'être
débarrassé de son attirail de jardinage.

— Qu'est-ce qui me vaut cette agréable surprise? s'écria-t-il en rejoignant Didier. Ma
femme aurait-elle eu la bonne pensée de vous
engager à nous donner quelques jours?

— Non, répondit M. de Prades. Le hasard
m'a guidé vers vous. Je me rendais de
Cabourg à Caen et je n'ai pas voulu passer,
aussi près des Grands-Bois, sans venir vous
saluer ainsi que Madame Vitel.

— Elle sera enchantée ; nous sommes justement seuls en ce moment. Est-elle prévenue
de votre arrivée?

— Je le pense.

— Je vais vous conduire vers elle. Je l'ai
laissée, il y a une demi-heure, dans son kiosque favori. Venez avec moi.

Didier ne se fit pas répéter cette invitation.

La route lui était maintenant toute grande ouverte ; sous le patronage du maître de céans, il avait des chances pour ne pas être éconduit.

En parcourant, avec son hôte, les magnifiques allées et les vertes pelouses des Grands-Bois, M. Vitel, charmé de pouvoir sortir de son mutisme habituel, se plaisait à vanter les douceurs de la vie champêtre.

— Je suis vraiment heureux, mon cher monsieur, disait-il, que vous nous ayez surpris, Madame Vitel et moi, au milieu de notre vie si calme, je pourrais dire si pure. Vous avez été témoin de mes occupations, celles de ma femme leur ressemblent beaucoup. Lucrétia prend plaisir à s'occuper de sa basse-cour, de sa volière, du verger auquel elle donne tous ses soins, de l'étable et de la laiterie que nous avons fait construire sur le modèle du Petit-Trianon. Notre grand bonheur est de vivre dans nos terres, durant la belle saison, seuls, ou dans la compagnie de quelques bons amis. On ne nous connaît pas à Paris, mon cher monsieur. Quand je pense qu'une existence comme la nôtre est sujette à des commentaires désobligeants ! On ne peut nous pardonner notre fortune et on nous attaque, sans cesse, à cause d'elle. Elle a été bien légitiment acquise, cependant, je ne cesse, de le répéter. Quelques actions de mines, achetées avec la dot de ma femme, et dont la valeur, après avoir centuplé, s'augmente tous les jours. Ce n'est vraiment pas de ma faute, et je ne puis pas empêcher les actions de ma femme de monter.

— Évidemment, fit avec complaisance M. de Prades, qui ne put s'empêcher de sourire, en entendant la dernière phrase échappée à M. Vitel.

Ils venaient de déboucher dans un massif de jeunes arbres sous lesquels s'épanouissaient de grandes corbeilles d'hortensias et de bégonias, ces fleurs amies des lieux ombragés. Au fond, au milieu d'une petite clairière, se dressait un kiosque en bois rustique, couvert de chaume.

— C'est dans ce réduit que Lucrétia passe ses journées, fit M. Vitel.

Il allait continuer l'éloge de sa femme lorsqu'il aperçut un domestique qui revenait du kiosque ; il lui fit signe d'approcher.

— Vous avez annoncé une visite à madame, lui dit-il.

— Oui, Monsieur, et Madame m'envoyait demander à Monsieur son nom.

— M. de Prades va se présenter lui-même, dit M. Vitel, cela vaudra beaucoup mieux ; vous pouvez retourner au château.

Et il entraîna Didier.

Tout à coup, cependant, le maître des Grands-Bois fut pris de remords et de crainte : Lucrétia n'aimait pas à être dérangée dans sa retraite, et elle détestait les surprises. Si elle allait trouver mauvais que son mari introduisît ainsi, à l'improviste, un étranger auprès d'elle ?

5

Il s'arrêta et dit à M. de Prades :

— Peut-être ferons-nous mieux de rappeler le domestique, et d'attendre que ma femme donne l'ordre de vous recevoir. Elle n'hésitera pas évidemment, mais...

— Mon cher monsieur, interrompit Didier, le domestique est déjà loin et madame Vitel se trouve à deux pas de nous. Permettez-moi, je vous prie, de la rejoindre ; elle est trop bien élevée pour me témoigner le moindre mécontentement.

— A vous sans doute, dit le mari de plus en plus timoré... Mais... j'aurais dû me souvenir... j'ai eu tort...

— Je prends tout sur moi, répliqua M. de Prades. Je serai censé ne vous avoir pas rencontré et m'être glissé, sans permission, dans la retraite de madame Vitel.

— C'est une idée ; de cette façon on ne me fera aucun reproche. Les femmes sont si bizarres ! La mienne est la meilleure des créatures, mais elle a parfois ses nerfs, et...

— Et vous ne voulez pas vous y exposer, acheva Didier en s'éloignant.

— Je reste dans les environs, cria M. Vitel, vous m'appellerez si ma femme est en belle humeur.

— Je n'y manquerai pas, murmura M. de Prades sans se retourner.

Il suivit une petite allée, atteignit la clairière, la traversa, et aperçut madame Vitel, étendue sur un canapé en bois rustique, et tenant un livre à la main.

Elle l'avait entendu venir et s'était retournée. Avant qu'elle l'eût reconnu, il l'avait rejointe.

IX

— Je vous demande mille pardons, madame, fit Didier en saluant madame Vitel, de me présenter ainsi, devant vous, sans être suffisamment annoncé. On m'a dit d'attendre dans le parc pendant qu'on vous préviendrait; je m'y suis égaré et je me trouve, tout à coup, en votre présence, bien innocemment, je vous assure.

— Vraiment, fit-elle en parvenant à vaincre une certaine émotion qu'elle n'avait pu d'abord dissimuler, vous êtes aussi innocent que cela ; permettez-moi de n'en rien croire et rétablissons les faits : à l'aide d'une ruse, vous vous êtes glissé, auprès de moi, sans mon consentement, dans la crainte d'un refus.

— Pourquoi aurais-je eu cette crainte? demanda Didier.

— Parce que notre dernier entretien, il y a quelques années, n'a pas été absolument amical. Vous m'avez fait des reproches injustes, passablement calomniée et, en fin de compte, assez mal traitée. Depuis, loin de venir implorer votre pardon, c'est à peine si vous avez salué, du bout de votre chapeau, une femme qui a été l'amie de votre père et qui vous a reçu chez elle, à Trouville, pendant toute une saison.

— Madame, répondit M. de Prades, je crois

avoir trouvé le seul moyen de me faire pardonner mes torts : je viens vous demander
un service.

— A moi! un service, vous! Il faut que
mon concours vous soit indispensable.

— Il l'est.

— Allons! que peut-on faire pour vous,
ingrat? demanda-t-elle en souriant avec coquetterie.

— Être franche.

— Comme vous y allez! Vous exigez là, du
premier coup, une chose... Enfin, j'essayerai... Parlez.

— Vous êtes très-liée avec mademoiselle Lelièvre?

— Très-liée, n'est pas le mot. J'ai reçu,
autrefois à Trouville, cette... jeune femme;
vous me permettrez, devant vous, et pour
cause, de ne pas l'appeler une jeune fille... Plus
tard, je l'ai vue, dans différentes circonstances,
à Paris, et, sur sa demande, je lui ai procuré
des leçons; voilà tout.

— Elle se vante dans ses mémoires de vous connaître beaucoup plus intimement.

— Ses mémoires! Carmen a écrit ses mémoires! Que me dites-vous là?

— L'exacte vérité, répondit-il. J'ai possédé, pendant vingt-quatre heures, un manuscrit très-volumineux, où Mademoiselle Lelièvre a relaté ses impressions, depuis plusieurs années.

— Et elle parle de moi?

— Souvent.

— A quel propos?

— A tout propos.

— Que peut-elle dire, mon Dieu, d'intéressant? fit Lucrétia, en affectant l'indifférence la plus complète.

— Elle raconte, entre autres choses, que vous l'avez fait entrer chez deux femmes du monde, la marquise de Tourves et Madame de Roizel, avec l'espoir qu'elle vous aiderait à vous venger de ces dames, dont vous aviez à vous plaindre.

— Moi? Quel conte me faites-vous là?

— Ce n'est pas moi qui parle, c'est Mademoiselle Lelièvre. Madame de Tourves a été perdue de réputation et Madame de Roizel a passé en cour d'assises, grâce aux agissements de Carmen, qui s'enorgueillit d'avoir pu vous rendre ce petit service.

— Cette demoiselle, Monsieur, me calomnie effrontément, ou plutôt... voulez-vous que je vous le dise ? je ne crois pas à l'existence de ces mémoires.

— Il vous sera facile de les lire. Il en existe, à ma connaissance, au moins deux exemplaires. L'un se trouve entre les mains de la marquise de Tourves ; l'autre a été remis par Madame de Roizel au préfet de police, qui a bien voulu me le communiquer.

— C'est de la part du préfet de police que vous venez chez moi ? demanda-t-elle insolemment.

— Nullement.

— C'est pour le compte de madame de Tourves ou de madame de Roizel ?

— Pas davantage.

— Alors, que voulez-vous ?

— Je voudrais pouvoir continuer à vous parler, sans vous mécontenter.

— Me mécontenter pour si peu ! Vous n'y songez pas. Continuez, je vous prie, je vous écoute avec une extrême bienveillance.

— Je vous ai entretenue, madame, reprit Didier, de la marquise de Tourves et de la baronne de Roizel, dans le but de bien établir, vis-à-vis de vous, l'existence des mémoires de Mademoiselle Lelièvre. Vous ne pouvez plus douter de ses confidences, ni de ses indiscrétions....

— Mais, monsieur, je vous dis...

— Maintenant, continua-t-il sans lui permettre d'achever, j'arrive au point qui m'intéresse particulièrement et où votre concours, si vous voulez bien me le prêter, peut m'être si précieux. Mademoiselle Lelièvre ne parle pas seulement de vous et des deux personnes que je viens de nommer. Elle veut bien s'occuper souvent de moi, à chaque instant, pourrais-je dire sans aucune fatuité, croyez-le bien. Elle raconte, tout au long, la nuit orageuse que vous vous rappelez probablement, madame, et les entretiens qui l'ont suivie dans votre salon de Trouville. Je me croyais seul avec vous, je pensais pouvoir vous parler à cœur ouvert ; malheureusement pour moi, vous aviez fait cacher Mademoiselle Carmen, derrière votre portière, et elle a surpris notre conversation.

Madame Vitel voulut protester. Didier reprit aussitôt :

— Ne vous donnez pas la peine de démentir votre... protégée. Elle dit la vérité, et toute la vérité, dans ces mémoires qui n'ont été écrits, ni pour vous ni pour moi, mais d'abord pour sa propre satisfaction, et plus tard en vue d'une vengeance personnelle. Je continue donc : exaspérée par mon abandon et par les motifs de cet abandon, que je commis l'imprudence de vous confier, Mademoiselle Lelièvre me

5.

voua une haine implacable. Bientôt j'étais ou-
trageusement sifflé, sur la scène où je n'avais
recueilli jusqu'alors que des applaudissements.
C'était pénible pour mon amour-propre ; c'é-
tait cruel à un autre point de vue, car vous,
madame, qui voulez bien vous rappeler avoir
connu mon père, le baron de Prades, vous
n'ignorez pas qu'il ne m'a laissé aucune fortune.
Si je me suis fait artiste, vous le savez, c'était
pour vivre.

— J'espère, monsieur, répondit madame Vitel, que vous ne m'avez pas accusée de m'être
mêlée à toutes ces intrigues.

— Je vous demande pardon, madame, vous
avez prêté à mademoiselle Lelièvre un concours actif.

— Elle le dit !

— Cela doit me suffire, car elle n'avait aucun intérêt à mentir, en cette circonstance.
Mais ces événements sont bien loin de nous,
je veux les oublier, et ils s'effacent, du reste,
devant le nouveau malheur qui vient de m'at-

teindre· et m'amène aujourd'hui devant vous, non pas en ennemi, madame, mais en sollici- teur, en suppliant même, je ne crains pas de dire le mot.

— De quel malheur voulez-vous parler? Je ne comprends pas, je vous jure.

— Madame, reprit Didier, dont la voix de- venait plus émue, malgré ses efforts pour res- ter calme, au milieu de mes désastres artis- tiques et des troubles qu'ils ont apportés dans mon existence matérielle, il m'est survenu un grand bonheur : une femme que j'adore, que je respecte entre toutes, m'a donné une enfant, une petite fille...

— Je le sais. Eh bien? s'écria madame **Vi**- tel que son sang-froid abandonnait aussi.

— Eh bien! cette enfant qui faisait ma joie m'a été volée, il y a trois jours.

— Volée! volée! votre fille! Que me dites- vous là? Qui accusez-vous de ce vol?

— Mademoiselle Carmen Lelièvre.

— C'est impossible !

— J'ai des preuves certaines.

— Est-ce que, dans cette circonstance encore, vous me croyez sa complice?

— Si je le croyais, je ne serais pas ici, je ne parlerais pas comme je vous parle. Ce serait affaire entre vous et la justice.

— Mais si vous ne croyez pas, vous paraissez avoir des doutes.

— Oui, et je suis venu franchement vous prier de les dissiper.

X

Madame Vitel, le regard animé, le teint plus coloré que d'habitude, s'était levée, avait fait le tour du kiosque pour constater que personne ne pouvait l'entendre et revenant à Didier :

— Écoutez-moi bien, lui dit-elle. Je vous crois un honnête homme et je vais vous parler avec une entière franchise. Lorsque j'ai nié

toute participation, dans les vengeances exercées contre mesdames deTourves et de Roizel,
je mentais. Mademoiselle Lelièvre a été mon
auxiliaire ou plutôt mon agent; j'étais la tête,
elle était le bras. Je ne me repens aucunement
de ce que j'ai fait; ce serait à recommencer,
que j'agirais de la même façon. La marquise
de Tourves m'avait, par son attitude, ses
insolences et ses propos, fait perdre la parcelle
de considération qui me restait dans le monde;
j'ai abaissé son orgueil, j'ai appris à tous
qu'elle ne valait pas plus que moi. Madame
de Roizel a provoqué contre moi des mesures
administratives, injustes et flétrissantes; je,
l'ai frappée plus cruellement que madame de
Tourves, tout en restant dans la limite de mes
droits; elle m'avait humiliée et avilie, je l'ai
humiliée et avilie à son tour.

Quant à vous, monsieur, vous avez aussi
blessé mon amour-propre. Je ne parle plus
d'orgueil, vous le voyez, je ne tombe dans aucune exagération, je remets chaque chose à sa

place. Pour servir la cause de Carmen, je m'é-
tais montrée coquette avec vous, j'avais joué
une comédie dangereuse, peut-être, mais vous
qui avez joué aussi la comédie, non pas dans
un salon, mais sur un théâtre, vous savez que
les véritables artistes, et je suis une artiste dans
mon genre, arrivent à s'identifier avec les per-
sonnages qu'ils sont chargés de représenter.
Ils partagent leurs passions, se réjouissent de
leurs joies et versent de vraies larmes sur leurs
infortunes. Il n'est pas rare qu'une amoureuse
s'éprenne sérieusement du jeune premier à
qui, tous les soirs, elle débite des tirades en-
flammées. Je me suis donc, peut-être, brûlée au
jeu, monsieur, j'ai été plus sincère que vous
ne l'avez cru, et le jour où vous m'avez si mal-
traitée, j'ai souffert de vos paroles. C'est pourquoi je n'ai pas cru devoir refuser à mademoiselle Carmen de l'aider dans sa vengeance
contre vous.

Didier fit un geste. Lucrétia reprit aussitôt :

— N'exagérons rien, je vous prie ; il s'agissait simplement de s'attaquer à votre amour-propre d'artiste, de vous donner une leçon de modestie, de vous prémunir contre l'enivrement, et de vous disposer à ramener vos regards vers votre servante. J'ai donné des conseils à Carmen, je l'ai aidée de mon expérience, je l'ai initiée à certains détails de la vie théâtrale qu'elle ne pouvait connaître, mais dans des limites très-restreintes. C'est elle qui a dépassé ces limites, malgré mes observations et à mon grand déplaisir, je vous l'affirme. J'avais permis quelques coups de sifflets, qui souvent, loin de nuire à un artiste, stimulent le public et provoquent les applaudissements ; Mademoiselle Carmen a cru devoir organiser une cabale. J'en ai été tellement désolée, que mes amis et moi avons lutté souvent contre vos adversaires. Voilà mes torts envers vous. S'ils sont plus graves que vos offenses, c'est qu'on a renchéri sur moi et agi contre ma volonté.

Elle s'arrêta, regarda de nouveau autour d'elle, et se rapprochant de Didier :

— Quant au malheur qui vient de vous atteindre, s'écria-t-elle, je vous jure, sur ce que j'ai de plus sacré au monde, que je n'y suis pour rien ! Non-seulement je n'ai prêté à Mademoiselle Carmen aucune assistance pour le crime qu'elle a commis, mais je n'ai jamais eu connaissance de ses desseins... Elle ne m'a, même, rien appris qui pût me permettre, un instant, de les deviner... Il y a quelques mois, une année peut-être, dans un jour d'épanchement, elle m'a confié vous avoir rencontré avec une autre femme, et être jalouse de cette femme... Elle m'a dit aussi que vous aviez un enfant... Elle semblait vous en vouloir de votre bonheur, et envier surtout les joies maternelles de celle que vous lui aviez préférée... Pouvais-je supposer que ces sentiments de jalousie, d'envie et de haine contre vous l'amèneraient à vous frapper comme elle l'a fait ?

Lucretia regardait Didier bien en face. Il lisait, dans ses yeux, en même temps qu'il entendait sa voix. Elle parlait avec netteté et précision, sans ambiguïtés ni réticences. Son geste était énergique, son attitude des plus dignes ; contre toutes ses habitudes, comme elle le disait elle-même, elle devait être sincère, en ce moment.

Après s'être, un instant, reposée, elle reprit la parole :

— Pour avoir pu, monsieur, dit-elle d'une voix plus calme, vous demander si je n'étais pas la complice de mademoiselle Lelièvre, il faut que vous me connaissiez bien peu, et qu'elle-même se soit mal expliquée, sur mon compte, dans ses mémoires. Oui, je suis de l'école des gens qui ne confient pas au Ciel le soin de les venger, et se font leur propre justicier ; mais j'ai édicté des lois, dont je ne m'écarte pas, et que j'applique très-sagement à ceux qui m'ont offensée. Je consulte et j'étudie toujours, avec soin, avant de prononcer une

peine, le petit code pénal rédigé à leur intention. Pour un coup d'épingle j'en rends
deux. Si l'on me frappe d'un poignard, je
frappe, à mon tour, plus profondément qu'on ne
m'a frappée; mais je n'emploie pas le poignard
contre ceux qui se sont seulement servi de
l'épingle. Si l'on ne m'a déchiré que la peau, je
la déchire sur une plus grande largeur, je ne
pénètre pas dans la chair. Vous avez blessé
mon amour-propre, j'ai consenti à laisser
blesser le vôtre. Jamais il ne me serait venu
à la pensée de vous atteindre dans votre amour
paternel. Je vous répète donc une dernière fois,
monsieur, tellement je suis désireuse de vous
convaincre, que j'ignorais, de la façon la plus
complète, les projets de mademoiselle Carmen sur votre enfant. Me croyez-vous?

Didier la regarda, quelques secondes, et répondit :

— Je vous crois.

— Voulez-vous me pardonner mes anciens
torts envers vous?

— Je vous les pardonne, fit-il.

— Consentirez-vous à me tendre votre main loyalement, franchement, comme je vous tends la mienne ?

Il hésita, un instant, puis il mit sa main dans celle de Lucrétia.

— Bien, dit-elle, vos réponses et votre attitude m'engagent vis-à-vis de vous. Ils me font votre alliée, sinon votre amie... et si je me montre implacable dans mes haines, personne mieux que moi ne respecte ses alliances. Maintenant au fait : vous étiez venu me demander un service, celui sans doute de vous aider à retrouver mademoiselle Lelièvre. Je me mets à votre entière disposition, je vous offre mon concours le plus empressé.

J'ai trois motifs pour vous venir en aide : réparer ma faute envers vous, car c'est peut-être à moi que vous devez d'avoir connu Carmen ; rendre service à qui réclame mon assistance ; enfin, me venger de mademoiselle Lelièvre, car il faut bien qu'un mauvais sentiment se mêle à mes meilleures pensées. Ne vous en plaignez pas, le désir de la vengeance me stimulera; je suis une corrompue.

Quelle faute a commise Carmen vis-à-vis de moi, me demanderez-vous? Plusieurs, répondrai-je. Elle a osé écrire et communiquer des mémoires qui se trouvent être, en même temps, les miens. Elle a divulgué nos conversations intimes, dévoilé des faits que je voulais cacher, révélé mes secrets. C'est une infâme trahison! Elle ne la portera pas en paradis, je vous le jure!... Mais ne parlons plus de moi. Où en êtes-vous de vos recherches? Qu'avez-vous fait, depuis le jour où vous vous êtes aperçu de la disparition de votre fille?

Il la mit au courant de toutes ses démarches, lui apprit les résultats de l'enquête commencée par le préfet de police, reprise et continuée, depuis la veille, par lui.

XI

Après avoir écouté très-attentivement M. de Prades, Madame Vitel lui dit :

— Vous êtes disposé à croire que Carmen est partie pour le Brésil ?

— Oui, les renseignements de l'armateur du Havre me paraissent complets, plus précis que tous les autres. N'est-ce pas votre avis ?

— Non. Pourquoi serait-elle retournée dans son pays et auprès de ses père et mère, dont elle se passait à merveille et qu'elle aimait... discrètement ? Comment aurait-elle osé tomber, à l'improviste, chez eux, avec un enfant dont il fallait expliquer l'origine ? Que dire à ce sujet ? La vérité ; jamais. M. Lelièvre peut être ridicule, mais il refuserait de s'associer à un crime. Soutenir que cette enfant est le fruit d'une faute ? M. et Madame Lelièvre jetteraient, aussitôt, les hauts cris et oublieraient leurs nombreuses faillites pour parler d'honneur et de vertu. Je ne vois pas pourquoi, de gaieté de cœur, elle serait allée s'exposer aux récriminations et aux invectives que ses parents ne lui ont jamais épargnées, même lorsqu'elle n'y donnait aucune prise.

— Alors, vous la croyez à Paris? demanda Didier.

— Pas davantage. Pourquoi s'enfermer dans cette ville qu'elle exècre, et où ses intérêts ne la retenaient plus, puisqu'elle avait renoncé à donner des leçons ? En hiver, elle se serait peut-être cachée au milieu d'un quartier excentrique, dans une chambre bien close, et elle aurait évité tous les regards. Mais, en été, elle se savait incapable de tenir en place et de se cloîtrer. Au bout d'une semaine de réclusion, elle aurait rompu ses chaînes, pour courir vers la verdure, et se chauffer au soleil. Elle se connaît trop bien pour s'être exposée à commettre une telle imprudence. Elle doit, au contraire, avoir profité de l'occasion, c'est-à-dire des vacances qu'elle venait de se donner, pour vivre à la campagne, suivant ses goûts. N'a-t-elle pas, dans un coin de ses mémoires, parlé de ses penchants bucoliques ?

— En effet, répondit M. de Prades, et je me suis étonné de rencontrer, chez elle, cet amour de la nature.

— Oh ! reprit Lucrétia, ces anomalies ne sont pas rares. Regardez M. Vitel, il ne brille ni par l'innocence, ni par la candeur, j'oserai même, timidement, insinuer qu'il est un peu vicieux, eh bien ! il adore le jardinage, s'agenouille devant une fleur fraîchement éclose, et se pâme, à la vue d'une goutte de rosée, sur un brin d'herbe.

— Soit ! fit Didier, Mlle Lelièvre aime les champs et le bien des autres; elle cueille des fleurs et vole des enfants. Mais était-il en son pouvoir de satisfaire ses goûts ? Avec quelles ressources espère-t-elle vivre, sans travailler, dans le pays de ses rêves ?

— Avec ses économies, dont le chiffre est

assez respectable. Ses leçons lui ont beaucoup rapporté et elle a fait valoir intelligemment, à la Bourse, sa petite fortune. Je l'ai connue très-âpre au gain, non pour l'argent, pris d'une façon absolue, mais pour les satisfactions... champêtres qu'il devait lui procurer.

— Alors elle se cache, d'après vous, sur une plage solitaire, en France, n'est-ce pas?

— Ou à l'étranger. Elle n'est pas exclusive; et elle peut avoir gagné l'Angleterre qui se trouve en communication directe avec le Havre.

— Le Havre! Vous croyez donc à sa présence dans cette ville, lundi dernier?

— Oui. Une des deux pistes suivies par le préfet de police et par vous, est la bonne. Je dirai plus : elles sont bonnes toutes les deux; il y a du vrai dans chacune d'elles. Le point de départ du préfet est excellent; je blâme seulement l'arrivée au Havre, à cinq heures du matin, et l'embarquement sur le *Lisboa*. Suivant moi, Carmen a quitté Paris, dimanche soir, par

le train de minuit dix. C'est bien la femme remarquée dans la gare et tenant dans ses bras
une enfant endormie, mais elle s'arrête en deçà
ou au delà de Mantes, se repose, quitte la ligne
du Havre pour prendre celle de Cherbourg, arrive à Caen, le lundi dans l'après-midi, et monte
immédiatement dans le bateau.

Avec mon système, vous le voyez, je concilie
des indications contradictoires; celles de la Préfecture et les vôtres. Après avoir pris Carmen,
avec le préfet de police, à Paris, gare Saint Lazare,
je l'amène à Caen, puis au Havre, avec vous.
L'heure du départ de Paris est celle indiquée
dans les rapports officiels ; l'heure de l'arrivée
est six heures du soir, lundi, d'après vos propres renseignements. J'écarte ainsi la visite à
l'armateur, l'histoire du passeport au nom de
Juana Sanchez. Pour moi, il s'agit là d'une au-
re femme que Carmen.

— Alors, à ma place, vous ne feriez aucune
recherche au Brésil ?

— Au contraire, je veux me montrer aussi

6

conciliante et aussi prudente que le préfet;
il croit Mademoiselle Lelièvre en Amérique, et cependant il vous conseille des recherches en France. Mais, le Brésil ne doit pas vous
faire négliger l'Europe. Vous me paraissez
disposé à suivre, trop facilement, une piste de
préférence à une autre. Il faut les suivre toutes.
Qu'avez-vous fait au Havre? Rien. Votre entretien avec l'armateur, ses portraits que vous
avez trouvés ressemblants, ont suffi pour vous
convaincre que Carmen avait pris passage sur
le *Lisboa*, et effacer de votre esprit les autres
détails précieux, recueillis auprès du loueur
de voitures de Caen et du capitaine. A votre
place, j'aurais voulu savoir ce qu'étaient deve-
nues, après leur débarquement, les mysté-
rieuses voyageuses dont ils vous ont parlé.

— Vous avez raison, dit M. de Prades, nous
continuerons cette enquête. J'étais pressé de
vous voir, et vos conseils me prouvent que
j'avais raison.

— Qu'entendez-vous par ces mots : « Nous

continuerons, » fit Madame Vitel, à qui rien
n'échappait. Quelqu'un vous accompagne donc
en Normandie?

— Oui, un de mes amis.

— Pourquoi ne l'avez-vous pas amené?

— Je craignais un mauvais accueil; je ne sa
vais même pas si je serais reçu par vous.

— Quel est le nom de cet ami, s'il n'est pas
indiscret de vous le demander?

— Georges de Saire.

— L'associé d'agent de change et le mari de
cette ravissante brune qu'on voit à toutes les
premières?

— Lui-même.

— Dans d'autres circonstances, s'il ne s'agissait pas de choses aussi graves, je regretterais
son absence; c'est un fort joli garçon, et... à
la campagne, sans voisins, sans visites, avec
un mari qui jardine... Mais, pardonnez-moi,
je divague, la coquetterie et mes mauvais instincts montrent toujours le bout de l'oreille,
malgré mes efforts pour les tenir à l'écart.

Laissons M. de Saire tranquille... A propos,
connaîtrait-il, lui aussi, les mémoires de Carmen ?

— Vous m'avez promis, répliqua Didier,
d'être sincère avec moi, je dois vous répondre
avec une entière franchise : Oui, il les connaît.

— Il doit avoir une jolie opinion de moi? Je
voudrais l'en faire changer. Est-ce qu'il aime
sa femme ?

— Il l'adore.

— Vous êtes cruel... Continuons. Je rede-
viens sérieuse ; je ne suis plus femme, je suis
une dépisteuse, une agente de police... une
Vidocq en jupon. Donc Carmen descend du
bateau de Caen, lundi dernier, à six heures du
soir, du moins je le suppose, et il faut le supposer, si nous voulons faire en conscience notre métier. Où va-t-elle? Figurez-vous que
Carmen n'existe pas, qu'il s'agit, seulement,
pour vous, de retrouver la personne, accompagnée d'un enfant, dont vous a parlé le capitaine. En mettant le pied sur les quais du Havre,

elle ne s'est pas évaporée, elle a suivi une route, une rue, elle s'est dirigée vers un hôtel, une maison, une diligence, un chemin de fer ou un bateau. En êtes-vous persuadé ?

— Il serait difficile de ne pas l'être.

— Alors retournez au Havre avec votre ami et ne quittez cette ville, qu'après avoir retrouvé les traces de votre voyageuse. Si vous acquerrez la conviction, vous entendez bien, la conviction, qu'il ne s'agit pas de Carmen, vous revenez à la seconde piste ; le préfet triomphe, l'armateur du *Lisboa* devient un oracle et le Brésil votre objectif.

— Nous suivrons, à la lettre, ces conseils.

— Bien ; comme de mon côté je ne veux pas demeurer inactive, je vous prie de me tenir au courant de toutes vos actions et de toutes vos démarches, pour que nous ne fassions pas double emploi. M. Vitel s'endort ici dans les délices de Capoue, c'est mauvais pour sa santé et gênant pour moi. Je me débarrasserai de lui en le lançant sur les pays où, d'après vos indica-

6.

tions, Carmen pourrait s'être réfugiée. Il est
assez fin, sans en avoir l'air, très-tenace surtout... et il ne ménagera rien pour réussir, si je
lui en donne l'ordre. Visitez donc tous les
bateaux à vapeur qui font le service avec les
différents ports de la Manche. Carmen a pu sauter
d'un bateau dans un autre et se promène, en ce
moment peut-être, dans les rues de Londres ou
sur la plage d'Ostende. Enfin, sauvez-vous, vos
moments sont précieux; dites bien des choses
à votre ami, de ma part, et comptez sur mon
dévouement et sur mon désir de rendre à Mademoiselle Carmen la monnaie de sa pièce. Je lui
apprendrai à écrire mes Mémoires !   .

XII

Lorsque Didier, après avoir rejoint M. de
Saire, l'eut mis au courant de l'entretien qu'il
venait d'avoir, le premier soin des deux amis
fut de se demander si Madame Vitel avait été

sincère. Ils reconnurent, bientôt, qu'on ne devait pas douter de sa bonne foi : elle s'était défendue, avec trop d'énergie, pour qu'on l'accusât de complicité avec Carmen. Comment aurait-elle osé, du reste, lui prêter son concours, dans une affaire si délicate et du ressort de la justice ? Grâce à sa fortune, Lucrétia avait une trop belle existence, pour la compromettre, dans le but d'être agréable à une amie. Derrière un crime, se cache toujours quelque passion, et celles de Madame Vitel n'étaient pas en jeu : Didier avait seulement piqué son amour-propre et elle ne pouvait avoir songé, comme elle le disait elle-même, à lui infliger un châtiment terrible. Carmen, au contraire, s'était rendue coupable, envers Madame Vitel, d'une véritable trahison. Lucrétia, dans son entretien avec Didier, n'avait pas cru devoir s'appesantir sur ce sujet. Mais cette réserve toute féminine affirmait la violence de son irritation. En effet, si Mademoiselle Lelièvre, qui n'avait aucune position à perdre et qui, du reste, venait, probablement, de quitter la

France, s'était procuré le plaisir de pousser le raffinement de la vengeance jusqu'à se démasquer devant MM^{mes} de Tourves et de Roizel, Lucrétia devait, au contraire, rechercher l'ombre, et désirer frapper ses ennemis, sans qu'on pût deviner d'où partaient les coups.

Ces réflexions conduisaient M. de Saire et M. de Prades à se dire qu'ils trouveraient, dans Madame Vitel, une fidèle alliée. Des raffinés de délicatesse s'étonneront de voir ces messieurs accepter une telle alliance; nous pensons, au contraire, qu'ils n'avaient pas le droit de la refuser. Lorsqu'il s'agit du bonheur et de l'existence d'un enfant, on peut faire bon marché de certains scrupules.

Après s'être consultés, et sans plus tarder, ils retournèrent au Havre, afin de compléter leur enquête. Il s'agissait de retrouver les traces de la femme arrivée dans cette ville, le lundi, à six heures du soir.

Le capitaine du bateau à vapeur de Caen, interrogé de nouveau par eux, ne put leur dire ce qu'elle était devenue, au moment du débarquement. Occupé de la manœuvre toujours difficile dans les bassins, il n'avait pas prêté attention aux faits et gestes de sa passagère.

Didier et Georges s'adressèrent alors aux portefaix qui montent à l'assaut de tous les navires, pour s'emparer des malles et des colis. Ces hommes ne se souvinrent pas de la personne signalée à leur attention.

Il était, dès lors, probable qu'elle n'avait pas de bagages et qu'elle s'était empressée, en débarquant, soit de prendre une voiture, soit de gagner à pied un point de la ville. Les cochers du Havre, interrogés, l'un après l'autre, avec grand soin, ne purent donner aucun renseignement.

M. de Prades et M. de Saire se firent conduire alors chez le capitaine du port pour lui demander si, dans la soirée du lundi, le départ d'un navire concordait avec l'arrivée du bateau de Caen ; si, en un mot, sans laisser trace de passage en ville, on avait pu se rendre, du vapeur qui venait d'entrer dans les bassins, au bâtiment qui allait en sortir. Cette supposition, leur fut-il répondu, était inadmissible : le bateau de Caen avait profité, pour pénétrer dans l'avant-port, des derniers moments de la marée descendante, et après lui, aucun navire n'avait quitté le quai.

Si, maintenant, Carmen, comme Madame Vitel en avait eu la pensée, s'était embarquée, le lendemain, pour un port de la Manche, où avait-elle pu passer la soirée et la nuit du lundi au mardi ? Les commissaires de police du Havre, à qui Georges et Didier étaient particulièrement recommandés, ordonnèrent une enquête immédiate, dans tous les hôtels et les maisons garnies ; elle n'eut aucun résultat.

Il fallait alors se décider à perdre de vue la fugitive, pendant une douzaine d'heures, et tenter de la retrouver, sur un des navires sortis du Havre, à la marée du matin.

Le capitaine d'un bateau anglais, qui faisait,

exceptionnellement, à cette époque, le service de Londres par la Tamise, crut se rappeler avoir remarqué une femme et une petite fille ressemblant au portrait qu'on venait de trace r.

Devait-on, sur des indications aussi vagues, se tourner du côté de l'Angleterre ?

Les deux amis se posaient cette question, lorsqu'une confidence, arrachée au steward (maître d'hôtel ou espèce d'intendant des bateaux anglais), vint donner plus de valeur aux renseignements du capitaine. Cet homme se trouvait seul, à bord, le lundi, vers six heures du soir, quand une femme, accompagnée d'un enfant, se présenta, tout à coup, sur le pont.

— Vous ne partez pas aujourd'hui ? avait-elle demandé, en excellent anglais.

— Nous ne partons que demain à sept heures, avait répondu le steward.

— Cela me contrarie beaucoup, je ne connais personne au Havre, et je ne voudrais pas descendre, dans un hôtel, avec ma petite fille qui est fatiguée et souffrante. Ne pourriez-vous pas me laisser coucher sur votre navire, puisque je m'embarque, demain matin, avec vous?

Le steward fit de grandes difficultés, mais sollicité d'une façon pressante, généreusement payé sans doute, quoiqu'il ne crût pas devoir parler de ce détail, il avait fini par ouvrir la chambre des passagers, à la personne qui réclamait cette faveur.

Lorsqu'on lui eut dépeint Carmen et Louise, il déclara sans la moindre hésitation qu'il s'agissait certainement des deux voyageuses.

Ces aveux rattachaient deux fils brisés : l'arrivée au Havre et le départ de cette ville. Ils remplissaient aussi l'espace inoccupé entre sept heures du soir et sept heures du matin, et suppléaient aux renseignements que la police n'avait pu obtenir, dans les hôtels et les maisons garnies.

En quittant le bateau, Georges et Didier passèrent devant le musée et prirent la rue de

Paris. Ils s'y promenaient depuis un instant, et
se demandaient ce qu'il convenait de faire, pour
tirer la meilleur parti possible des derniers renseignements obtenus, lorsqu'une voiture de
louage, contenant deux personnes, s'arrêta
près d'eux. Ils tournèrent la tête et reconnurent M. et Madame Vitel qui leur faisaient
des signes et s'apprêtaient à descendre pour
les rejoindre.

. XIII

Ils s'approchèrent, aussitôt, de la voiture et
saluèrent M. et Madame Vitel.

Lucrétia, dès que Didier lui eut présenté
M. de Saire, prit la parole :.

— Nous n'avons pas voulu, mon mari et moi,
dit-elle, rester plus longtemps inactifs aux
Grands-Bois, lorsque notre concours pouvait
vous être si précieux partout ailleurs. Aussi
sommes-nous venus vous rejoindre au Havre,

7

où je savais vous trouver, si vous aviez suivi mes recommandations. Réunis, maintenant, tous les quatre, ne perdons pas un instant; il faut nous entendre sur plusieurs points. Voulez-vous nous accompagner à Frascati, que nous habitons depuis une heure ?

— Ne préférez-vous pas, madame, demanda Georges, nous donner simplement rendez-vous sur la jetée, déserte en ce moment; nous y causerons tout à notre aise.

— Que votre volonté soit faite, monsieur, dit Madame Vitel, qui sourit à M. de Saire de la façon la plus gracieuse, et fit signe à son cocher de la descendre au point indiqué.

— Elle est encore plus jolie que je ne croyais, dit Georges en prenant le bras de Didier. Je commence à m'expliquer le caprice qu'elle vous a, autrefois, inspiré, et la folie de M. de Roizel, sans parler des autres désastres cérébraux qu'elle a causés. C'est une de ces femmes, venues au monde pour enrichir les médecins aliénistes et les maisons de santé. Pour peu qu'elle daignât s'en donner la peine, elle leur fournirait, par année, une douzaine de pensionnaires.

— Prenez garde qu'elle ne veuille s'en donner la peine avec vous, fit, en souriant, M. de Prades.

— Oh! moi, répliqua Georges, mon cœur est occupé.

— Lorsque j'ai connu Madame Vitel, à Trouville, reprit Didier, le mien l'était aussi.

— Par un amour platonique, un souvenir, et non par une adorable réalité. Je suis beaucoup mieux armé que vous, mon cher, et je ne crains rien.

— Tant mieux, car je m'en voudrais beaucoup d'être la cause indirecte du moindre trouble dans votre existence et dans celle de Madame de Saire. Excusez-moi d'avoir exprimé ces craintes ; vous les avez provoquées, par vos remarques sur la beauté de cette sirène et les dangers qu'on peut courir auprès d'elle.

Georges et Didier rejoignirent, devant la tour des signaux, M. et Madame Vitel déjà descendus de voiture, et, sans plus tarder, ils leur firent part des renseignements obtenus depuis la veille.

— Eh bien! dit Lucrétia, n'avais-je pas raison de vous conseiller de faire des recherches à bord des navires étrangers? Nous sommes maintenant sur la vraie piste.

— En êtes-vous persuadée? demanda Georges.

— Absolument... d'autant plus que je vous apporte, de mon côté, des nouvelles importantes. Un de mes domestiques à qui j'avais donné deux jours de congé, est revenu hier aux Grands-Bois, et s'est étonné de ne pas y trouver Mademoiselle Lelièvre. Il l'avait rencontrée, assure-t-il, lundi dernier, à Caen, et la croyait en route pour ma propriété, où elle est venue passer une semaine, l'année dernière.

— Alors, s'écria M. de Prades, dont l'émotion était extrême, vous avez raison, nous sommes sur ses traces... Encore un effort, et nous la joindrons.

— Et vous, monsieur, quelle est votre opinion, à ce sujet? demanda Madame Vitel à Georges, dont elle prit le bras pour faire quelques pas sur la jetée.

— Je pense comme vous, madame, et comme M. de Prades, répondit-il, mais permettez-moi, je vous prie, une observation. Les propos de votre domestique ont-ils une aussi grande valeur que nous sommes tentés de le croire? Ne s'agirait-il pas ici d'une simple ressemblance? Ne vous récriez pas, et remarquez, je vous prie, avec moi, que nous nous trouvons, depuis cinq jours, sur les traces de deux femmes absolument distinctes : l'une, en route pour le Brésil, l'autre embarquée pour l'Angleterre. Les divers portraits qu'on nous a faits d'elles, d'un côté et de l'autre, reproduisent exactement leurs traits. Donc, ces deux inconnues se ressemblent, c'est incontestable, et vous me permettrez de me demander si votre domestique ne s'est pas trompé, et n'a pas pris le Sosie de Carmen pour Mademoiselle Lelièvre elle-même.

— Ce n'est pas probable, hasarda M. Vitel.

— Je le reconnais, fit Georges, mais c'es^t possible.

— Vous n'en êtes pas moins d'avis, reprit Lucrétia, que l'Angleterre doit être en ce moment notre objectif?

— Assurément. Tout nous ordonne de chercher de ce côté.

— Allez-vous partir pour Londres?

— Nous agitions cette question, Didier et moi, lorsque nous avons eu le plaisir de vous apercevoir, dans la rue de Paris.

— L'un de vous sait-il la langue anglaise?

— Pour mon compte, répondit Georges, en fait de langues étrangères je ne connais que le Parisien, et Didier n'est pas beaucoup plus fort que moi. N'est-ce pas, mon cher?

M. de Prades fut obligé d'avouer son ignorance.

— Alors nous vous offrons nos services. M. Vitel parle suffisamment l'anglais pour se faire comprendre des policemen, des cochers de cabs et des maîtres d'hôtel. Quant à moi, je baragouine un peu, grâce à Carmen, qui dans ses moments perdus m'a donné des leçons. J'en profiterai pour essayer de la retrouver et de lui arracher sa proie. Quand partons-nous ?

— Il nous est bien difficile, répondit M. de Saire, de nous embarquer sans retourner à Paris, que nous avons seulement quitté pour quarante-huit heures. Il est prudent, aussi, de voir le préfet de police, et de lui demander les papiers qui nous seraient indispensables si nous retrouvions Mademoiselle Lelièvre.

— Soit, répliqua Madame Vitel. La traversée du Havre à Londres, ou même à Southampton est très-longue, et de Paris vous rejoindrez directement Boulogne, ce qui vous permettra de regagner le temps que vous allez perdre. Quant à M. Vitel et à moi, nous allons nous diriger sur Boulogne en voiture, en bateau, ou par embranchement de chemin de fer, et nous vous attendrons.

— Pourquoi, Madame, si la mer ne vous effraye pas, ne vous embarqueriez-vous pas directement ici pour l'Angleterre? demanda Georges.

— Pour deux raisons, répondit-elle hardiment. D'abord il m'est agréable de faire la traversée avec vous ; c'est bizarre peut-être, mais c'est comme cela. Ensuite je ne me suis pas toujours montrée l'amie de M. de Prades. Il est en droit, encore aujourd'hui, de se méfier de moi. Je veux n'agir que sous sa surveillance immédiate... et sous la vôtre, monsieur, ajouta-t-elle, en se tournant vers Georges, à qui elle envoya un de ses regards les plus expressifs.

— Oui, oui, fit M. Vitel, qui savait toujours parler à propos, ne nous quittons pas et agissons d'un commun accord. Je connais, par ma femme, toutes les calomnies que Mademoiselle Lelièvre, dans ses mémoires, a répandues sur notre compte, et je désire la châtier d'importance. Je n'épargnerai rien pour y arriver. Je

veux apprendre au monde entier que mon honneur m'est cher.

Madame Vitel s'empressa d'interrompre son
mari ; elle craignait ses exagérations.

On ne tarda pas à se séparer, après s'être
donné rendez-vous pour le surlendemain.

Georges et Didier montèrent dans l'express
de six heures vingt. Ils pouvaient arriver à
Paris dans la soirée, mais ils avaient résolu de
s'arrêter en route, pour achever leur enquête,
et remplir la dernière lacune qu'ils n'avaient pu
combler.

A Vernon, où ils eurent idée d'interroger le
chef de gare, celui-ci leur apprit qu'une femme
et une enfant étaient descendues du train numéro 53, dans la nuit du dimanche et que, le
lendemain matin, elles étaient reparties pour
Caen, où elles avaient dû arriver à deux heures
et quart.

Ces renseignements étaient d'accord avec
ceux qu'on venait d'obtenir, et avec les idées
émises autrefois par Madame de Baud.

7.

D'après elle, on s'en souvient, deux billets
avaient été pris par Carmen : le premier ostensiblement pour Mantes où elle ne s'était pas
arrêtée, le second secrètement pour une station quelconque, où elle avait passé le reste
de la nuit. Puis, le lendemain, revenant sur
ses pas, et grâce à l'embranchement qui est
à Mantes, elle avait quitté la ligne du Havre
et suivi celle de Cherbourg.

Ainsi plus de solution de continuité : on
prenait Carmen, si c'était bien Carmen, à
Paris, et d'étape en étape, on la suivait jusqu'à
Londres.

Il ne s'agissait plus que de la découvrir dans
cette dernière ville.

XIV

Georges et Didier arrivèrent à Paris dans
la matinée. Ils trouvèrent Madame de Baud et
Madame de Saire, réunies dans l'appartement
de la rue de la Madeleine où ils les avaient

laissées. Mises au courant de la situation, elles déclarèrent aussitôt qu'il fallait partir pour Londres et s'y livrer à d'actives recherches.

— C'est notre projet, répondit Georges, mais nous n'avons pas voulu le mettre à exécution, sans avoir obtenu votre agrément.

— Pouvons-nous donc hésiter à vous le donner? demanda Lucile.

— Je ne le crois pas, répliqua M. de Saire. Aussi ne t'aurais-je même pas consultée, s'il s'était agi d'aller à Londres, seul avec Didier. Mais tu as bien compris, n'est-ce pas? Nous accompagnons M. et Madame Vitel ou M. et Madame Vitel nous accompagnent, à ton choix.

— J'ai parfaitement compris, répondit-elle. Eh bien?

— Ce voyage ne te déplaît pas? demanda-t-il.

— Le considères-tu comme un voyage d'agrément?

— Non, certes.

— Alors, qu'est-ce qui te retient?

— Rien... mais... je...

— Tu patauges, mon bon, reprit-elle gaiement, je vais te tendre la perche. Tu as cru que je serais jalouse. Comme tu me connais peu!... Jalouse de Madame Vitel! Et sor mari qui l'accompagne... Tu répondras qu'il ne la gêne pas beaucoup... Oui, mais c'est toujours une garantie... Jalouse de Madame Vitel! Il faudrait alors te croire assez inintelligent pour la comparer à moi... Je te fais plus d'honneur, mon cher ami. Tu tiens le cœur pour quelque chose chez la femme, et en admettant que cette dame me soit supérieure par sa beauté, je me rattrape, je crois, au point de vue moral.

— Ne m'attendris pas, dit Georges à Lucile, ou bien je t'embrasse devant nos amis.

— En vérité, continua-t-elle sans paraître l'avoir entendu, tu me prends pour une sotte. Si tu voulais me tromper, n'en aurais-tu pas eu mille fois l'occasion, depuis notre mariage?

Ne connais-tu pas d'aussi jolies femmes et de plus jolies femmes que Madame Vitel? Je vais te les citer : B..., du Gymnase, A..., du même théâtre, M... du Vaudeville, L..., de partout... Et parmi les demi-mondaines, ou les simples hétaïres, comme tu les désignes élégamment, veux-tu des noms? Tu as connu, dans ta vie... bigarrée toutes ces petites personnes-là... Elles te connaissent... avantageusement, trop avantageusement, et tu n'as qu'un signe à faire pour... qu'elles s'empressent de m'être désagréables. Mais tu ne fais pas le signe, je le sais bien. Ce n'est pourtant pas la liberté qui te manque : tu sors à dix heures, tu reviens à cinq, tu déguerpis souvent le soir. Que d'infamies tu aurais le temps de commettre!... Si tu n'en commets pas, c'est que tu m'aimes. Si tu m'aimes, je ne crains pas plus Madame Vitel que les autres. Voilà ma profession de foi.

— Elle est... rudement intelligente, répondit Georges.

— Je sais à qui je parle, fit Lucile en se pendant au cou de son mari.

Pendant qu'ils devisaient de la sorte, Madame de Baud rendait compte à Didier des démarches faites par Richard, depuis trois jours.

Il était arrivé, en déployant un zèle infatigable, à retrouver des traces du passage de Carmen dans Paris, après sa fuite des Champs-Élysées. La voiture dans laquelle elle s'était précipitée, au coin de l'avenue Marigny, l'avait, on s'en souvient, déposée rue de Rivoli et on la perdait alors entièrement de vue, pour ne la retrouver qu'à la gare de la rue d'Amsterdam, sept heures plus tard.

Richard pouvait donner maintenant l'emploi exact du temps écoulé.

Mademoiselle Lelièvre, tenant par la main la petite Louise, traverse la place ou plutôt le square devant lequel on l'avait arrêtée. Puis elle revient sur ses pas et rentre dans la rue de Rivoli, qu'elle remonte dans la direction

de la Bastille, espérant être moins remarquée
sur cette grande ligne, que dans une rue
transversale. L'enfant marche difficilement;
elle se fait traîner, murmure des phrases
sans suite et de grosses larmes coulent de
ses yeux. Une concierge de la rue de Rivoli,
assise devant sa porte, est frôlée par la
petite fille et s'émeut à sa vue. Elle se lève,
et, au moment où Carmen, qui veut l'éviter, se
dispose à prendre Louise dans ses bras, la
concierge l'arrête et lui dit :

— Où conduisez-vous donc cette enfant, madame? Elle n'est pas à vous, puisqu'elle demande sa mère.

— Je la conduis, justement, chez sa mère,
répond Mademoiselle Lelièvre sans se troubler
et avec la plus grande douceur; je cherche
une voiture, depuis une demi-heure. L'enfant
pleure parce qu'elle est fatiguée.

— Est-ce qu'elle demeure loin? reprend la
concierge.

— Oui, très-loin.

— De quel côté, dans quelle rue?

— Pardon, s'écrie Carmen, j'aperçois un fiacre, je ne veux pas le laisser m'échapper.

En effet, un fiacre passe, Mademoiselle Lelièvre lui fait signe de s'arrêter, et, pour éviter les nouvelles indiscrétions de son interlocutrice, saisit Louise, l'enlève avec une force extraordinaire, chez une personne d'apparence aussi chétive, et l'emporte dans ses bras. Cet empressement à la quitter, de nouveaux cris poussés par l'enfant, paraissent suspects à la femme de qui Richard tient tous ces détails. Elle veut rejoindre la voiture, mais il est trop tard. Le cocher, séduit probablement par des promesses généreuses, comme l'avait été le cocher de l'avenue Marigny, fouette ses chevaux et disparaît.

Richard se met alors en devoir de le trouver. Il n'est aucunement effrayé des difficultés de sa tâche. Elles sont moins grandes, du reste, qu'on pourrait le supposer. Il ne s'agit pas de faire des recherches, au milieu de toutes les voitu-

res de Paris, mais seulement dans une catégorie de voitures relativement peu nombreuses :
les fiacres à quatre places et à deux chevaux,
avec une galerie pour les bagages. C'est la
concierge qui lui a donné ce détail précieux.

Il se rend aux divers dépôts des compagnies,
attend patiemment le retour des cochers, les
interroge l'un après l'autre et parvient enfin à
découvrir celui qu'il cherche. Cet homme se
souvient qu'une dame et une petite fille tout
en larmes l'ont pris rue de Rivoli, le dimanche
précédent, entre six et sept heures du soir.
Il les a conduites rue Saint-Lazare, mais il
ne peut se souvenir du numéro. Sollicité par
Richard, il s'offre de retrouver la maison. Il
arrive, en effet, dans la rue indiquée, reconnaît
un marchand de vins, chez lequel il est des-
cendu, après avoir été payé de sa course,
s'oriente et s'arrête devant le numéro 50,
qu'il désigne de la façon la plus précise.

Richard, sans plus tarder, pénètre dans la
maison et apprend que Mademoiselle Leliè-

vre pourrait bien être montée, au jour et à
l'heure indiqués, chez une dame étrangère appelée Antonia Manos, qui demeure au troisième
étage.

Il gravit l'escalier, sonne, et est introduit
auprès d'une assez jolie femme, qui malheureusement parle à ravir le portugais, mais
éprouve la plus grande difficulté à s'expri-
mer en français. Il parvient, cependant, à se
faire comprendre et à obtenir quelques réponses de cette étrangère, dont la bonne foi ne saurait être mise en doute.

Elle connaît Mademoiselle Lelièvre, depuis
six mois environ. Elle l'a prise, d'abord, comme
professeur et, peu à peu, elle s'est liée avec elle,
en souvenir du Brésil, où elles sont nées toutes
les deux. La semaine précédente, Carmen lui
avait fait part de projets de voyage ; elle
devait aller chercher, le samedi soir, à
Neuilly, une petite fille qu'on lui confiait
pendant un mois, pour la conduire aux bains
de mer. Elle avouait être fort embarrassée et

ne savoir où passer la nuit avec cette enfant,
car elle ne pouvait partir que le dimanche et,
pour raisons d'économie, afin de ne pas
payer une nouvelle quinzaine, elle avait quitté, le matin même, son appartement meublé.

Madame Manos se mit généreusement à la
disposition de Carmen et lui offrit l'hospitalité
pour une nuit. Comme on le voit, Mademoiselle Lelièvre s'ingéniait à éviter les maisons
meublées et les hôtels surveillés par la police.
A Paris, elle se réfugie chez une amie; au
Havre, dans la chambre d'un bateau à vapeur
anglais.

Le samedi, Carmen rejoint, dans la soirée,
Madame Manos. Elle est seule et déclare que
l'enfant n'est pas prête à partir et ne pourra
l'être que le lendemain. Avait-elle espéré enlever Louise, dans cette journée du samedi, et
l'occasion ne s'en était-elle pas présentée, ou
bien avait-elle simplement trouvé plus prudent
de ne pas coucher la veille de son crime, dans
la chambre meublée de la rue d'Amsterdam?

Comme elle le prévoyait, en effet, Madame Manos, qui consentait à donner l'hospitalité à deux personnes, la donne, sans hésitation, à une seule.

Le dimanche matin, Mademoiselle Lelièvre sort de bonne heure, sous le prétexte de retourner à Neuilly, est absente toute la journée et rentre vers sept heures avec Louise. Elle annonce aussitôt qu'elle n'abusera pas longtemps des bontés de son amie, car elle compte partir, le soir même, par un train de nuit.

L'enfant paraît agitée et prononce quelques phrases dont Madame Manos, choisie sans doute par Carmen pour son ignorance de la langue française, ne saisit pas bien le sens. Enfin la petite fille, épuisée de fatigue, se calme et s'endort.

A onze heures et demie du soir, Mademoiselle Lelièvre fait demander une voiture, remercie Madame Manos de son hospitalité et, aidée d'une bonne au service de son amie, descend l'enfant sans la réveiller.

La bonne entend Mademoiselle Lelièvre dire
au cocher de la conduire à la gare de la rue
d'Amsterdam.

Tels étaient **les précieux** détails recueillis
.ar Richard.

XV

Georges de Saire n'avait pas tardé à interrompre sa conversation avec Lucile, pour
prendre part à l'entretien de M. de Prades et
de Madame de Baud.

Dès qu'il connut le résultat des démarches
faites pendant son absence, il dit à ses amis :

— Les nouveaux renseignements obtenus
sont très-importants, en ce sens qu'il ne peut
plus y avoir de doute, dans notre esprit, sur le
départ de mademoiselle Lelièvre. Lorsque
nous nous sommes trouvés en présence de
deux femmes, l'une se dirigeant sur le Brésil,
l'autre sur l'Angleterre, il nous est arrivé de
nous demander, s'il n'en existait pas une troi-

sième, la vraie celle-là, restée tout simplement
à Paris. Nous étions dans l'embarras par suite
de l'excès même de nos richesses. Si Carmen
avait un Sosie, elle pouvait en avoir deux,
occupés à voyager, pendant qu'elle se tenait
cachée, peut-être dans notre voisinage. Grâce
à Richard, ces craintes disparaissent : il sur-
prend Mademoiselle Lelièvre aux Champs-
Élysées au moment du vol ; il la suit en voiture, de maison en maison, heure par heure,
minute par minute, il la voit, pour ainsi dire,
monter en chemin de fer et s'engager sur la
ligne du Havre. A-t-elle gagné cette ville, pour
s'embarquer, le lendemain matin, à bord du
Lisboa, ou bien s'est-elle arrêtée à Vernon,
pour revenir sur ses pas, se diriger sur Caen,
prendre passage sur le bateau, se cacher dans
la chambre du navire anglais et partir le lendemain pour Londres ? Je suis tenté maintenant de croire avec Madame Vitel à ce dernier
itinéraire, mais il importe de connaître l'opinion du préfet de police, et de savoir si de son

côté, il n'a pas de nouvelles à nous donner. Comme le temps presse, je me rends à la Préfecture.

— Je vous accompagne, fit Didier en prenant son chapeau.

— Non pas, mon cher, répliqua Georges, permettez-moi de faire seul cette démarche. Le délai de huit jours qu'on vous a fixé n'est pas encore écoulé. Le préfet pourrait s'étonner d'être dérangé par vous, avant l'époque assignée. Il a malheureusement en tête d'autres affaires que la vôtre. Vous lui avez été recommandé, il vous porte intérêt, mais si vous avez vos grandes entrées chez lui, vous n'avez pas vos petites. Moi, c'est autre chose : je le rencontre, depuis longtemps, chez un de mes amis avec lequel il est fort lié. S'il n'est pas trop occupé il me recevra. Je lui dirai tous les détails de notre voyage et je reviendrai, vers vous, avec un bon conseil.

— Je reste, fit Didier en s'asseyant près de Marcelle.

— Et c'est moi qui vous remplace, fit Lucile. Je ne dois pas le garder longtemps, ajouta-t-elle en montrant Georges, aussi je ne le quitte plus.

Elle prit le bras de son mari, et pendant qu'ils s'éloignaient, elle disait :

— Rassure-toi, je ne monterai pas chez le préfet, je l'attendrai en voiture. Je n'aspire, monsieur, qu'au bonheur de vous accompagner et de vous reconduire.... Es-tu assez heureux d'être aimé comme cela, dis?

— Je mérite mon bonheur, fit-il.

— Fat!

— Je le mérite, parce que je t'aime!

— C'est différent; embrasse-moi, il n'y a personne sur l'escalier.

Le préfet de police était dans son appartement particulier lorsqu'on lui remit la carte de M. de Saire. Il le reçut aussitôt.

— Qu'est-ce qui vous amène, cher monsieur, lui dit-il en lui tendant la main, venez-vous me proposer d'acheter ou de vendre de la rente?

C'est inutile, hélas! vous ne pourrez pas m'enrichir comme vos autres clients; ma position m'interdit les jeux de Bourse.

— Et c'est grand dommage, fit Georges en souriant. Vous disposez de tous les télégraphes, les nouvelles vous arrivent en droite ligne et je les utiliserais volontiers dans l'intérêt de votre fortune... et de la mienne. Mais il ne s'agit pas de rentes : je désire vous entretenir d'une affaire qui m'intéresse.

— Je suis tout à vous. De quoi s'agit-il?

— De l'enfant volée, dimanche, aux Champs-Élysées.

— Ah! vous connaissez cette enfant?

— Elle est la filleule de ma femme et Madame de Baud est la meilleure amie de Madame de Saire.

— Je suis alors ravi de m'être mis personnellement à ses ordres : mais il faut encore attendre quelques jours, je le lui ai dit. J'avais besoin d'une semaine entière pour préparer le voyage au Brésil.

8

— Est-il indispensable ? demanda Georges.

— Pourquoi ne le serait-il pas ? M'apportez-vous des nouvelles ?

— Oui. Pouvez-vous m'accorder cinq minutes d'entretien ?

— Une heure si vous le désirez ; ce n'est pas le préfet de police qui vous donne audience dans son cabinet, c'est l'ami à qui vous faites visite chez lui, *at home*, comme dirait un Anglais.

M. de Saire mit son hôte au courant de la situation.

— Alors, fit le préfet, après l'avoir attentivement écouté, vous vous êtes rendu aux idées de madame Vitel? Vous croyez mademoiselle Lelièvre en Angleterre.

— Je penche de ce côté, je l'avoue, mais je voudrais avoir votre avis à ce sujet.

— Mon avis est que cette dernière piste paraît la bonne. Tout semble désigner mademoiselle Lelièvre, sur cette route de Paris à Caen, et de Caen au Havre. Je n'ai pas d'objections sérieuses à vous présenter ; rien ne me choque. Je me permettrai seulement une observation : autant j'ai trouvé naturel que Carmen n'ait pas craint de parcourir les rues du Havre, vers cinq ou six heures du matin, autant je m'étonne qu'elle soit arrivée, en plein midi, à Caen, où madame Vitel elle-même pouvait la rencontrer, qu'elle soit montée sur un bateau fréquenté par tous les habitants du Havre, qu'enfin elle ait osé débarquer, sur le quai de la Marine, en face de l'hôtel autrefois géré par sa famille. Voilà mes seules objections, je me trompe, mes seules réflexions. Elles ne doivent pas vous faire hésiter à commencer, en Angleterre, d'actives recherches, que je seconderai de mon mieux. Quel hôtel comptez-vous habiter à Londres ?

— Je l'ignore.

— Descendez à Charing-Cross-Hotel, dans le Strand ; mes lettres de recommandation et mes dépêches vous y rejoindront. Sachez-le bien toutefois : en vous prêtant mon concours pour l'Angleterre, je ne renoncerai pas au Brésil, et je continuerai à m'en occuper, comme si je ne vous avais pas vu. Les renseignements obtenus, sur la passagère du *Lisboa*, me semblent très-précieux. J'ordonnerai de retrouver les traces du séjour à Paris de cette Juana Sanchez, dont vous a parlé l'armateur. Si elle n'a jamais existé, c'est que mademoiselle Lelièvre se sera fabriqué un passeport de fantaisie, et, alors, je ne vous le cache pas, la balance penchera, de plus en plus, du côté de l'Amérique. Si, au contraire, Juana Sanchez habitait derniè-rement Paris, y a laissé des relations, est partie, au vu et au su de tout le monde, pour Pernambuco, Rio-Janeiro ou Bahia, nous ne songerons plus au Brésil, et je m'avouerai vaincu. A propos, je trouve que nous négli-geons beaucoup certaine question qui a bien son importance : celle des bagages. Nous suivons mademoiselle Lelièvre de tous côtés, et nous perdons de vue cette fameuse malle, transportée d'hôtel en hôtel, déposée vingt-quatre heures à la gare du Nord, et reprise le lendemain. J'ai recommandé des recherches à ce sujet, et je ne suis pas satisfait des rapports qui me sont parvenus. Une personne intelligente, m'avez-vous dit, fouille Paris pour votre compte. Confiez-lui donc le soin de retrouver ces bagages, de savoir sur quel point ils ont été dirigés. En matière de police j'ai grande confiance dans les gens qui ne sont pas du métier. Votre enquête, mon cher, est des plus serrées, des mieux conduites ; mes hommes n'auraient jamais obtenu de tels résultats. Ils travaillent pour les autres et vous travailliez pour vous, c'est là votre force.

— Cette conclusion me désole, s'écria Georges en riant, j'allais vous demander un emploi et des appointements.

— Impossible, vous perdriez tous vos moyens, répliqua le préfet.

Ils se séparèrent après avoir causé, un instant, des nouvelles du jour,

— As-tu été long ! s'écria Lucile lorsque son

8.

mari l'eut rejointe dans la voiture qui stationnait à la porte de la Préfecture. Vous avez dit, je le parierais, une foule de choses inutiles.

— Ma chère, répondit Georges, les choses inutiles ont du bon.

— Prouve-moi cela.

— Je t'aime.

— Moi, je t'adore, répliqua Lucile.

— Eh bien ! reprit M. de Saire, voilà des mots inutiles, puisque nous ne doutons ni l'un ni l'autre de notre amour, et cependant ces mots sont doux à l'oreille.

Le lendemain matin, Georges et Didier partaient pour Boulogne.

XVI

M. de Prades et M. de Saire quittèrent Paris, à six heures du matin, et arrivèrent à Boulogne, vers onze heures. Comme ils cherchaient un employé pour lui confier leurs valises, un domes-

lique, à la livrée de Madame Vitel, s'avança et
se mit à leurs ordres.

Ils suivirent cet homme, montèrent en voiture et descendirent, quelques instants après,
sur le port. Ils allaient se diriger vers le
bateau prêt à partir pour l'Angleterre, et facile
à reconnaître par le mouvement qui se faisait
autour de lui, lorsque le domestique les pria
de vouloir bien monter sur un petit yacht à
vapeur, amarré près du quai. Ils se regardèrent
étonnés, mais ils devaient bientôt avoir l'explication de ce mystère.

Sur le pont du yacht, se trouvaient M. et Madame Vitel, entourés d'un équipage composé
de cinq hommes. M. Vitel avait sur la tête une
casquette en drap, à galons d'or, semblable à
celle des officiers de marine. Lucrétia portait
un costume fantaisiste de circonstance, et son
chapeau de feutre, crânement posé de côté,
lui donnait un air provoquant que Georges
ne put se défendre de remarquer. Elle
s'avança vers les deux voyageurs, dès qu'ils

eurent mis le pied sur le pont, et leur dit en souriant :

— Soyez les bienvenus à mon bord, Messieurs.

—Nous vous remercions de cet accueil, répliqua M. de Saire, mais vous plairait-il de nous donner le mot de l'énigme?

— Parfaitement. A peine nous avez-vous quittés, avant-hier, que nous nous sommes mis en quête de nous rendre ici. Renseignements pris, il eût fallu nous résigner, par la voie de terre, à rester, en voiture, un nombre incalculable d'heures et par chemin de fer, à descendre jusqu'à Rouen pour rejoindre Amiens; cela n'en finissait pas. Nous avons songé alors à la mer. En ma qualité de Vénitienne, née sur des lagunes, j'ai, comme Mademoiselle Lelièvre, un faible pour les flots. Mais, il n'existe pas de service entre le Havre et Boulogne, et nous ne savions que devenir, lorsqu'on nous a parlé d'un yacht qu'un Anglais désirait vendre. Arrivé la veille, le navire était tout armé, son équipage

à bord et son propriétaire dans la cabine de
l'arrière. Nous l'y avons rejoint; il nous a fait
les honneurs de son domaine, que nous avons
trouvé solide, élégant, bien noté au Yacht-Club
et muni de bon papiers. Le marché a été vite
conclu, et nous voici amiraux ou capitaines,
comme vous voudrez. Rassurez-vous, nous ne
commanderons pas la manœuvre; un véritable
officier fait partie de l'équipage. M. Vitel a les
insignes du grade, mais il n'en a que les
insignes. Si vous voulez bien me suivre, messieurs, je vais vous conduire dans vos cabines,
qui ne manquent pas de comfort. Vous serez
servis et nourris par mes domestiques et mon
maître d'hôtel, arrivés en toute hâte, ce matin,
à Boulogne.

Georges et Didier n'étaient pas ravis de ces
dispositions; ils auraient préféré faire la traversée, dans les conditions ordinaires, et ne
pas devoir l'hospitalité à Madame Vitel. Cependant, comme la moindre hésitation pouvait
blesser leurs hôtes, ils durent sacrifier leur

amour-propre et ne songer qu'au but du voyage.

— Nous partons bientôt? demanda M. de Saire, lorsqu'après avoir visité le délicieux paquebot, en miniature, devenu la propriété de Lucrétia, il remonta sur le pont.

— Dans un instant, répondit-elle. Tenez, on détache les amarres qui nous retiennent au quai.

— Il nous faut, dit M. de Prades, deux heures pour nous rendre à Folkestone.

— Une heure et demie suffirait pour un marcheur comme celui-ci; mais, si vous m'en croyez, nous n'irons pas à Folkestone; nous remonterons la Tamise jusqu'à Londres. Cette route est beaucoup plus longue, mais le ciel est superbe, la mer absolument calme, et ce détour peut nous être très-utile.

— Je ne comprends pas, fit Georges.

— Carmen, répondit Madame Vitel, a pris passage au Havre sur un bateau faisant un service irrégulier, et qui a pu la descendre, en

route, sur un des points de la côte. Nous devons, il me semble, suivre le parcours qu'elle
a suivi et, au besoin, nous arrêter pour prendre
des renseignements. Il me paraît aussi plus
naturel d'arriver à Londres, dans le lieu précis des débarquements, et d'y faire une première enquête avant de commencer nos recherches. Est-ce convenu ? Puis-je dire au capitaine
de se diriger sur l'embouchure de la Tamise?

— C'est convenu, firent ensemble M. de
Prades et M. de Saire, qui avaient reconnu la
justesse des observations de Lucrétia.

Elle appela l'officier, lui dit quelques mots,
et, bientôt, le yacht quittait le quai.

M. Vitel, pour affirmer sa présence à bord
et se rendre utile, se chargea de donner, à ses
hôtes, des indications précédemment puisées
auprès des matelots. La traversée de la Manche
devait se faire en trois heures. On arriverait
à l'entrée de la Tamise, au moment du flot,
et cinq heures suffiraient pour remonter le
fleuve. On pouvait donc espérer, même en fai-

sant de courtes stations, être à Londres avant
la nuit.

En même temps, le capitaine Vitel qui con-
sultait secrètement des notcs, désignait aux
voyageurs le cap Gris-Nez, le point de la France
le plus rapproché de l'Angleterre, le promon-
toire de South-Foreland, les falaises de
Douvres et les Gowin-Sands, pittoresques
débris d'une île aujourd'hui submergée.

Comme l'avait dit Madame Vitel, le ciel était
d'une pureté admirable, la mer à peine agitée
par de petites vagues bleues veinées de blanc,
tout irisées par les rayons du soleil. Le yacht
laissait derrière lui, en souvenir de son passage,
un long sillage argenté.

Dans une autre disposition d'esprit, Didier
de Prades eût admiré le spectacle qui se déroulait devant lui, eût goûté les charmes de cette
splendide journée, mais ses pensées se repor-
taient vers sa fille adorée. Avait-elle suivi le
chemin en ce moment parcouru? La retrouve-
rait-il, dans ce pays, dont les hautes terres

ensoleillées semblaient déjà si proches? Ou bien
naviguait-elle sur d'autres mers plus pro-
fondes? Etait-elle entraînée vers des contrées
lointaines? Quand la reverrait-il, enfin? Quand
pourrait-il la couvrir de caresses, l'entourer
de soins, faire oublier à la chère petite créature les heures mauvaises qui lui étaient infligées? Quand, surtout, aurait-il le bonheur
de la ramener à sa mère, et de s'écrier : « Tiens,
tiens, la voilà! tu as assez souffert, tu as assez
pleuré! Dieu t'a séparée d'elle pour t'éprouver,
pour achever de t'épurer, de t'ennoblir par une
suprême douleur. L'épreuve est faite, tu as
payé ta dette de souffrances et le tribut de misères réservé aux existences terrestres. Voilà
ta fille : tes sourires peuvent reparaître, ton
regard, encore voilé et humide, s'éclaircir, ton
âme se fondre dans celle de ton enfant, et, sans
quitter son enveloppe matérielle, prendre place
dans le royaume des âmes.

Georges de Saire, assis sur un pliant, la tête
appuyée contre le mât d'artimon, les jambes

9

allongées, humait l'air, tout en aspirant les bouffées d'un bon cigare. Frappé moins cruellement que ne l'était Didier, il ne pouvait être insensible, comme lui, au bien-être matériel et aux splendeurs qui l'entouraient.

Il regardait aussi, du coin de l'œil, Madame Vitel étendue dans un de ces grands fauteuils à bascule, si goûtés en Amérique. Un des pieds de Lucrétia était appuyé sur le plancher, pour repousser le siége lorsqu'il revenait en avant, et sa jambe gauche, gracieusement recourbée, se reposait sur son genou droit. Parfois, lorsque le fauteuil, obéissant à un mouvement brusque et peut-être prémédité, la rejetait en arrière trop vivement, Georges entrevoyait les fines attaches, les rondeurs exquises de cette jambe, tant vantée par Carmen, dans ses Mémoires. « Va, va, disait-il, livre-toi à ton petit manége, jambe adorable ! J'apprécie tes mérites, crois-le bien, mais ils ne me font pas perdre la tête comme tu l'espères. J'ai dans ma vie de garçon tant connu de jolies jambes, depuis les maigres tout en nerfs et en muscles, et qui bien chaussées ne manquent pas de cachet, jusqu'à la jambe grasse, replète, solide, pleine de majesté et de caractère... J'en connais d'autres aujourd'hui : une paire, une seule, bien supérieure à toutes, même à la vôtre, que vous vous donnez tant de mal pour me montrer, chère madame. »

Et pendant que Didier songeait, que Georges regardait, que Madame Vitel coquetait, que M. Vitel rayonnait sous sa casquette galonnée, que les domestiques apprêtaient le lunch, que les mécaniciens chauffaient, que le yacht fendait les flots, on s'approchait de l'Angleterre, on apercevait au loin la jolie ville de Margate, située sur une haute falaise, on doublait le cap de North-Foreland et on se dirigeait, à toute vapeur, vers les grandes bouées, destinées à indiquer aux navires, l'entrée de la Tamise.

XVII

Madame Vitel et ses passagers ne s'arrêtèrent pas à l'embouchure du fleuve : un
homme de l'équipage leur ayant assuré que le
bateau du Havre à Londres ne faisait escale
que devant Sherness, petite ville située au con-
fluent de la Medway et de la Tamise. Après
avoir dépassé l'île de Sheppey, le yacht gagna
donc la jetée de Sherness, et le capitaine des-
cendit à terre prendre des renseignements.

Ils furent insignifiants, et le petit bateau à
vapeur, après avoir côtoyé le vaisseau-fanal
(light-ship-nore), continua sa course.

Bientôt on aperçut, sur la rive droite, l'immense jetée en bois de South-End et le fort de
Tilbury ; sur la rive gauche, Gravesend, où,
par acquit de conscience, on crut devoir poser
aux habitants des questions, auxquelles ils ne
purent répondre d'une façon satisfaisante.

Il était, dès lors, difficile d'atterrir de nouveau, si l'on voulait arriver avant la nuit.
La Tamise se rétrécissait visiblement. Ce
n'était plus un fleuve, c'était un port d'une lon-
gueur démesurée, entouré d'immenses usines,
de docks gigantesques. On se serait perdu
dans ce dédale ; comment y faire une enquête sérieuse ? Il fallait y renoncer, pour le moment, et
attendre qu'on eût pris langue.

Le yacht, continuant sa marche, passa devant
Woolwich, laissa derrière lui les docks de
Victoria et de Surrey, les fabriques de Black-
wall, l'hôpital de Greenwich, son observatoire
et les chantiers de Deptford.

Londres, éclairé par le soleil couchant, apparaissait dans le lointain. D'innombrables navires à l'ancre, de toutes les formes, de toutes
les nationalités, se pressaient sur le fleuve.
Des trois-mâts remontaient le courant, des re-
morqueurs entraînaient, vers les bassins des
Indes-Orientales et des Indes-Occidentales, les
bâtiments au terme de leur traversée ; des

barques, des canots, des petits bateaux à vapeur se croisaient dans tous les sens. Sur le rivage, apparaissait une longue ligne de maisons reliées les unes aux autres, sans aucune solution de continuité.

Enfin, à sept heures et demie du soir, on s'arrêta devant Saint-Katherine-Warf (jetée de Sainte-Catherine).

Décidément, Madame Vitel avait été mal avisée en proposant à ses hôtes, pour raison d'utilité, de remonter la Tamise, au lieu de traverser la Manche, en deux heures, et de prendre le chemin de fer à Folkestone. Ils avaient fait un beau voyage, dans d'excellentes conditions; mais, au point de vue de leur mission, l'arrivée par le fleuve ne présentait aucun avantage.

Dans un port comme celui du Havre, malgré toute son importance, on peut facilement prendre des renseignements, suivre les traces de quelque fugitif, trouver à qui parler et auprès de qui s'instruire. Les entrées et les sorties des

navires se comptent, se voient, se remarquent ;
on est toujours sûr de retrouver les voyageurs,
après leur débarquement, dans l'éternelle rue
de Paris, sur la place de la Comédie, ou le long
des bassins. Le Havre est un port de commerce
important, une sous-préfecture qui mériterait
certainement de devenir une préfecture, mais
c'est, en réalité, une ville de province, avec des
maisons en verre.... dépoli, si l'on veut, seule
concession qu'on puisse faire.

La capitale du Royaume-Uni est, au contraire, la plus grande cité du globe. Paris ne
saurait lui être comparé sous le rapport de l'a-
nimation, du mouvement, du chiffre de la po-
pulation, des ressources commerciales, de sa
fébrile activité, de sa vitalité. Il faut, pour l'admirer dans toute sa splendeur, y débarquer en
plein jour. N'espérez pas, cependant, dès votre
arrivée, pouvoir vous livrer à un examen sérieux,
à des études suivies. Vous êtes étonné, ébloui ;
vous n'observez pas encore, votre pouls est agité,
votre cœur bat plus vite, vous avez la fièvre,

votre pensée flotte indécise, votre regard ne
saurait se fixer sur un objet. Vous entendez des
bruits confus, vous ne percevez aucun son dis-
tinct. Vous voyez les masses, les individus vous
échappent. Vous marchez devant vous, machinalement, sans savoir où vous allez, cou-
doyant et coudoyé, poussé, bousculé, ivre.
Il faut vous être acclimaté pour comprendre
et admirer cette ville étonnante. Si l'on veut
surtout s'y livrer à des recherches, y faire une
enquête, on doit auparavant s'être familiarisé
avec certains spectacles, s'être habitué à
toutes ces rumeurs; avoir l'esprit reposé et
recueilli.

Didier de Prades et Georges de Saire, malgré
le concours que leur prêtaient M. et Madame
Vitel, virent bientôt qu'on ne pouvait procéder
à Londres, comme ils l'avaient fait à Caen, au
Havre et à Paris; ils se décidèrent à n'entrer
en campagne que le lendemain.

Ils prirent un cab et se firent conduire à
l'hôtel de Charing-Cross, désigné par le préfet

de police, et où des lettres pouvaient déjà les
attendre. M. et Madame Vitel refusèrent de les
suivre dans cet immense caravansérail, situé
dans l'intérieur d'une gare de chemin de fer, et
très-apprécié des étrangers, mais dont le luxe,
comme le comprenaient les propriétaires des
Grands-Bois, se trouve banni. Ils préférèrent se
rendre dans Brok Street à Claridge-Hotel, qui
flattait davantage leurs goûts aristocratiques.

Lucrétia avait peut-être aussi un motif personnel pour faire, en ce moment, de la dignité
et paraître dédaigner Charing-Cross-Hotel. Ses
coquetteries, pendant la traversée, n'ayant pas
impressionné très-vivement Georges de Saire,
elle avait, maintenant, recours à la froideur pour
émouvoir ce beau garçon, autre fois remarqué,
de loin, au bois, et qui ne perdait rien à être
vu de près.

Elle ne pouvait douter de sa puissance; elle
avait essayé l'effet de ses charmes sur tant de
monde qu'elle se savait irrésistible. M. de Saire,
comme les autres, pensait-elle, devait tomber à

9.

ses pieds, un jour ou l'autre. Mais elle avait eu
tort de s'oublier au point de faire des avances.
Il profitait de cette faute et se tenait sur la
réserve.

Le sexe féminin, elle ne l'ignorait pas, n'a
pas le privilége de la coquetterie. Certains
hommes, corrompus par la civilisation, savent
se mettre en frais pour plaire aux femmes et se
les attacher : lancer des regards incendiaires,
prendre des poses penchées, avoir des sourires
mélancoliques, rire pour montrer leurs dents
quand ils les ont jolies, étendre à propos une
main blanche, un pied cambré, mettre en
valeur une taille élégante, et se parfumer discrètement; se faire aussi désirer lorsqu'on les
attend, laisser soupçonner qu'on les recherche
et qu'ils n'auraient qu'à vouloir pour être infi-
dèles, quereller l'objet aimé, jouer la comédie
du sentiment, feindre la passion et l'indifférence, répéter, à satiété, le rôle de Célimène,
abandonner leur manteau comme Joseph,
pour qu'on le leur rapporte.

Avec d'aussi grands comédiens, il faut compter lorsqu'ils en valent la peine, et Lucrétia trouvait M. de Saire digne de ses efforts. Mal conseillée par son amour-propre, persuadée que l'indifférence de Georges n'était pas sincère, elle résolut de le battre avec ses propres armes et de jouer son jeu : elle reculerait d'autant de pas qu'elle en avait faits vers lui, laisserait croire que, décidément, il ne plaisait pas, et qu'on regrettait de s'être mis en frais de coquetterie pour un si triste objet.

Ce fut à la suite de ces réflexions que Madame Vitel, laissant les deux amis se rendre à Charing-Cross, se dirigea vers Claridge-Hôtel. Mais Georges était bien capable de la deviner et de ne rien changer à son attitude. Cette pensée serait venue à celui qui aurait entendu M. de Saire dire à M. de Prades, au moment où il quittait Madame Vitel :

— Je crois, cher ami, que vous serez, sous peu, vengé de votre Vénitienne.

Après avoir pris possession de leurs chambres, Georges et Didier parcoururent, le soir même, divers quartiers de Londres. Le temps était superbe, il faisait encore grand jour, et, dans les jardins publics, il y avait foule.

S'ils allaient rencontrer Carmen assise dans un parterre ou au bord d'un lac !

Une voiture les conduisit à Saint-James et à Green-Park. Ils regardèrent de tous côtés, fouillèrent toutes les avenues et n'aperçurent aucune femme qui pût, même de loin, leur rappeler Mademoiselle Lelièvre.

Il n'y avait pas lieu de se décourager : les recherches sérieuses ne devaient commencer que le lendemain, en compagnie de M. et de Madame Vitel. Ils rentrèrent à Charing-Cross pour y passer la nuit.

XVIII

Avant de se rendre à Claridge-Hotel, pour y prendre M. et Madame Vitel, et se livrer, avec eux, aux premières recherches, Georges et Didier se firent conduire dans les bureaux de la police métropolitaine, situés à Whitehall-Place, et obtinrent de parler à l'un des deux directeurs, dont les fonctions ressemblent à celles des chefs de division de notre préfecture de police.

Ils se trouvèrent en présence d'un véritable gentleman, qui parlait parfaitement le français et auquel ils purent expliquer le but de leur voyage à Londres. Après les avoir attentivement écoutés, le commissaire anglais ne crut pas devoir leur dissimuler qu'ils allaient rencontrer des obstacles presque insurmontables :

— Londres, dit-il, n'est pas une ville homogène comme Paris, entourée de murs, commençant

à un point connu, pour finir à un autre point
précis. C'est une agglomération et une succes-
sion de quartiers, de faubourgs, de cités, dont
les habitudes et les mœurs diffèrent essentiellement et qui s'étendent des deux côtés de la
Tamise, sans qu'on puisse leur fixer de limites.

Les recherches y sont d'autant plus difficiles
qu'en Angleterre on ne demande pas aux voyageurs, comme en France, des passe-ports,
des papiers, ou tout au moins leurs noms et
prénoms. Notre surveillance ne saurait s'étendre sur tous les établissements publics, dont
le nombre est incalculable. Sans parler des
immenses hôtelleries, situées dans toutes les
gares de chemin de fer, Cannon street-station,
Grosvenor, Midland, Charing-Cross, etc., on
rencontre dans les rues des family-hôtel, des
boardings-house, des maisons garnies de toute
espèce, où l'on peut se retirer et passer ina-
perçu.

Londres a quatre millions d'habitants, cent

trente personnes y naissent par jour, et on
compte un décès toutes les huit minutes. Enfin,
sans vouloir abuser de la statistique, plus de
cent vingt mille criminels sont inscrits sur
les registres de la police métropolitaine, et
cent mille étrangers circulent dans nos rues.
Si Mademoiselle Lelièvre était classée parmi
ces derniers, vos tentatives, pour la retrouver,
seraient limitées et auraient quelques chances
de succès. Mais elle parle assez purement
notre langue, m'avez-vous assuré, pour se
dire Anglaise et se faire accepter comme
telle. Si, au contraire, elle a conservé son titre
d'étrangère, à quelle nation prétend-elle ap-
partenir? Nous n'en savons rien et nous ne
pourrions donner aucun renseignement utile
aux gens que nous mettrions en campagne.

Quant à son signalement, il n'a rien de particulier. Les femmes petites et maigres se ren-
contrent fréquemment dans les rues de Londres.
Ceux qui la connaissent doivent seuls espérer
la retrouver. Vous avez eu raison, Messieurs,

dé traverser la Manche, pour vous occuper personnellement de cette affaire. La police métropolitaine ne vous refusera pas son concours,
mais elle le croit inefficace.

Telles furent, à peu près, les paroles du
commissaire anglais. Il était facile de voir qu'il
se désintéressait, le plus possible, dans la question. Il voulut bien, cependant, donner aux
deux Français des indications, destinées à li-
miter leurs recherches, et à les empêcher de
s'égarer dans certaines parties de la ville, où
une personne appartenant à la classe de Carmen
ne pouvait avoir eu l'idée de se retirer.

Il fallait, suivant lui, éviter de perdre son
temps dans les quartiers aristocratiques ou officiels, situés à l'est de Hyde-Park, tels que
Grosvenor-Square, Belgravia, Westminster,
Paddington et Northland-town. On devait aussi
laisser de côté Saint-Gilles, Wapping, Lime-
house, Spitafields et Witechapel, lieux mal
famés qui servent de refuge à tous les vices.
Mais on parcourrait, dans tous les sens, la

ville boutiquière et bourgeoise, le Strand,
Halborn, Oxford-street, Leicester-square, habités, en grande partie, par des étrangers, et enfin
le district de Regents-Park, où la *gentry* s'est
réfugiée.

Lorsque Georges et Didier rejoignirent
M. et Mme Vitel, dans les salons de Claridge-
Hotel, où il leur avait été donné rendez-vous,
on les attendait depuis longtemps. Ils s'excu-
sèrent de leur retard et en expliquèrent les
motifs.

— Si je n'avais pas été, autrefois, l'alliée de
Carmen et l'adversaire de M. de Prades, leur
dit Lucrétia, si, en un mot, ma position, vis-à-
vis de vous n'était pas fort délicate et ne m'or-
donnait une entière réserve, je vous aurais
détournés des démarches que vous venez de
faire. Vous ne pouviez trouver un appui très-
efficace auprès de la police anglaise, qui est
ombrageuse, un peu jalouse de nous, et qui
manque surtout d'unité, car, même à Londres,
elle se divise en deux directions : celle de la

métropole et celle de la Cité, dont les préroga-
tives sont distinctes l'une de l'autre, et qui
se gênent mutuellement, au lieu d'agir
d'un commun accord. Je tiens ces détails d'un
de mes amis, très au courant de la question.
Il faut, aussi, faire la part du sentiment
national anglais, sentiment des plus respec-
tables, auquel le Royaume-Uni doit sa force
et sa grandeur, mais exagéré parfois et trop
exclusif. A force d'aimer leur pays et de s'aimer entre eux, les Anglais en sont arrivés
à n'avoir pour leurs voisins qu'une sympathie modérée. Ils dépensent, chez eux, tout
leur cœur et n'en ont plus pour nous que dans
les circonstances exceptionnelles ; alors, ils sont
admirables. Si M. de Prades était né sur les
bords de la Tamise, ou dans la plus lointaine
des possessions britanniques, et si sa fille avait
été volée en France, on nous aurait envoyé, à
ce sujet, un nombre incalculable de télé-
grammes et de notes diplomatiques. Un ci-
toyen du Royaume-Uni ne peut être molesté, à

l'étranger, sans que tous ses compatriotes s'émeuvent et prennent en main sa cause. Mais vous êtes Français; vos misères privées ne sauraient causer une grande émotion de ce côté du détroit. Quant à Carmen, elle est ce qu'on voudra... Brésilienne, Portugaise ou Française, au choix, mais elle n'appartient, en aucune façon, à nos voisins d'outre-mer; son crime ne saurait les compromettre et ils n'ont pas d'intérêt à le punir. Comptez donc modérément sur leur concours et agissons comme s'il n'existait pas de police à Londres.

— Soit, Madame, répondit Georges; veuillez seulement nous guider dans nos démarches, puisque vous paraissez si bien connaître l'Angleterre.

— Voici ce que je propose, reprit Madame Vitel : M. de Prades, accompagné de mon mari, descendra jusqu'à la Tamise, gagnera le quai sur lequel nous avons débarqué hier, et prendra des renseignements de tous côtés. Ces messieurs se rendront, ensuite, dans les quartiers

populeux et bourgeois, que M. Vitel connaît
parfaitement pour les avoir autrefois étudiés,
lorsqu'il habitait Londres. Ils feront une enquête dans les principaux établissements publics, et ne craindront point d'interroger les
policemen, qui sont d'habiles observateurs.
Pendant ce temps, je me livrerai à d'actives
recherches avec M. de Saire : je le choisis de
préférence à son ami, parce que Mademoiselle Lelièvre ne le connaît pas. Si le hasard
voulait qu'elle nous aperçût, elle ne prendrait
aucun ombrage et ne pourrait soupçonner le
but de mon séjour ici. Elle penserait simplement que je fais un de ces voyages à l'étranger
auxquels je l'ai habituée.

— Vous croyez donc, Madame, demanda
M. de Prades, que, dans vos excursions avec
Georges, le hasard peut, tout à coup, vous mettre
en présence de Mademoiselle Lelièvre?

— Le hasard seul, répondit-elle. Si Carmen
est à Londres, comme je l'espère, nous devons
l'y rencontrer tôt ou tard, aujourd'hui, demain

ou après-demain, peut-être dans huit jours ;
peu importe, j'ai le temps d'attendre et j'attendrai. Elle est trop active, et surtout trop curieuse, pour tenir en place et ne pas visiter, en
détail, une ville intéressante comme celle-ci,
et qu'elle n'a jamais habitée. Je me ferai conduire avec M. de Saire dans les jardins publics,
très-fréquentés à cette époque de l'année, et dans
les musées, que Mademoiselle Lelièvre, grande
habituée du Louvre, voudra certainement connaître. Si je suis assez heureuse pour l'apercevoir, je l'aborde sans hésitation, je lui fais excellent visage et je la quitte seulement, soyez-
en persuadés, lorsqu'elle m'aura rendu celle
que vous cherchez. Maintenant, mettons-nous
en campagne, si vous le voulez bien.

Didier et M. Vitel prirent le chemin de la
Tamise, et Lucrétia, ayant fait avancer une
voiture, s'assit aux côtés de M. de Saire ; elle
savait mêler l'utile à l'agréable.

XIX

Pendant une semaine, MM. de Prades et
Vitel d'une part, Georges et Lucrétia de l'autre,
parcoururent Londres, dans tous les sens. Les
premiers, comme il le leur avait été recommandé, interrogèrent la plupart des matelots
et des hommes de peine, habitués des environs de la jetée Sainte-Catherine, lieu du débarquement présumé de Carmen. Ils suivirent
les quais de la rive gauche (Victoria-embank-
ment) depuis le pont de Westminster jusqu'à
celui de Waterloo, et, passant sur la rive droite,
ils longèrent l'hôpital Saint-Thomas et ne
s'arrêtèrent qu'au pont de Waux-Hall.

Ils entrèrent, ensuite, en ville pour fouiller,
dans tous ses recoins, la partie comprise entre
la Cité et le West-End, sans oublier les rues
qui s'étendent de Long-Acre à Hay-market,

habitées par des Allemands, des Espagnols et des Français.

Remontant, au nord, dans la direction de Camden-Town, ils traversèrent aussi les faubourgs habités par la petite bourgeoisie et une partie de la colonie étrangère : Holloway, Islington et Highgate. Enfin, ils se rendirent, sur la rive méridionale de la Tamise, à Lambeth, Deptford et Greenwich.

La tâche que s'étaient réservée leurs compagnons pouvait être plus agréable à remplir, mais elle avait, comme l'autre, ses ennuis et ses fatigues. Madame Vitel et M. de Saire faisaient de nombreuses stations dans les principaux squares : Saint-James, Hanovre, Russel, Leicester, ainsi que Green-Park, Hyde-Park, et les jardins de Victoria, d'Alexandra et de Battersea. Ils visitèrent la cathédrale de Saint-Paul, l'abbaye de Westminster, la Tour de Londres, les palais de Buckingham, de Marlborough et de Somerset, le Musée britannique, les galeries de South-Kensington et de

Bethnal-Green, sans oublier le palais de Cristal.
Ils consacrèrent aussi plusieurs journées à
faire des excursions dans les environs, à Rich-
mond, au jardin de Kess, au palais Hampton-
Court. Ils se hasardèrent jusqu'à Windsor,
Gravesend et Woolwich.

Toutes ces courses, ces promenades, ces
recherches furent inutiles.

Fidèle au plan de conduite qu'elle s'était
tracé, madame Vitel, toujours aux côtés de
Georges, cachait avec soin le plaisir qu'elle
pouvait trouver dans sa société, mais M. de
Saire ne paraissait pas plus ému qu'il ne
l'avait été, au temps de ses coquetteries.
Elle s'obstina, quelques jours, à croire,
comme elle l'avait fait précédemment, que, par
système, il s'imposait une contrainte égale à
la sienne. Hélas! elle dut bientôt le reconnaître, les manières de Georges n'avaient rien
d'emprunté, sa froideur était des plus sincères.
Elle était trop observatrice et trop fine pour s'y
méprendre : un homme amoureux, et qui ne

veut pas se laisser deviner, en arrive
à se trahir, par un regard, ou par une
phrase dont il n'a pas mesuré la portée. Son
geste a quelque chose de nerveux, sa voix
des notes discordantes, ses efforts, pour se
contenir, le rendent inquiet et tourmenté. Il est,
à son insu, agressif dans la discussion.

Georges, au contraire, avait une tenue parfaite et des plus naturelles. Il se montrait poli,
aimable, empressé même, sans jamais s'égarer dans les sentiers dangereux de la galan-
terie. Il marchait et gesticulait avec une
désinvolture complète. Il parlait avec le laisser-
aller d'une personne qui n'a aucune arrière-
pensée et plaisantait avec une entière liberté
d'esprit. Mais, plus il se montrait un joyeux
compagnon, plus il agaçait madame Vitel. Son
rire franc et sonore lui portait sur les nerfs;
elle aurait voulu lui crier : Ta gaieté m'ennuie;
fais donc un peu de sentiment, montre moins
d'esprit et plus de cœur, je suis d'humeur
tendre, attendris-toi. Elle n'osait point s'ex-

primer ainsi, dans la crainte de perdre le chemin qu'elle espérait avoir gagné, et de baisser
maladroitement pavillon, au moment où, peut-
être, on allait déposer les armes.

Mais on ne se rendait point... Alors elle
livra une dernière bataille ; voici dans quelles
circonstances :

Georges et Lucrétia consacraient tout leur
temps aux recherches qu'ils s'étaient imposées.
Ils avaient même trouvé moyen d'utiliser
les heures des repas, en allant dîner dans
les restaurants où Carmen, en sa qualité
d'étrangère, pouvait avoir eu l'idée de se
rendre, tels que le Royal-Keyser dans les
environs de Saint-Paul, Simpson's Divan-
Tavern dans le Strand, le café Royal et
Blanchard dans Regents-Street.

Un soir, en sortant de chez Evans, à l'angle
de Princess-Street et de Coventry, ils remon-
tèrent en voiture, suivant leur habitude, et se
firent conduire à Green-Park. Ils choisissaient,
d'ordinaire, ce jardin public, parce que, plus à

découvert que les autres, il ne cachait pas, dès
la tombée de la nuit, les promeneurs et permettait les recherches. En ce moment, il est
vrai, Lucrétia ne songeait pas à Carmen autant qu'elle l'aurait dû, elle négligeait sa vengeance au profit de son amour naissant. Étendue dans le fond de la calèche, et un peu penchée du côté de Georges, dont le bras effleurait
son épaule, elle regardait, à la dérobée, son
voisin, au lieu d'inspecter les bas-côtés de
l'avenue que parcourait la voiture.

M. de Saire ne semblait s'apercevoir ni du
frôlement d'épaules, ni des regards furtifs. Il
gardait le silence et paraissait inanimé.
Cependant, une de ses mains quitta le cous-
sin de la voiture ; mais elle ne lui obéissait pas. C'était Lucrétia qui s'en était, tout à
coup, emparée et la pressait entre les siennes.

Il ne parut pas étonné, et ne fit aucune tentative pour échapper à cette étreinte qu'on lui
imposait. Mais, se tournant avec nonchalance,
du côté de Madame Vitel, il lui dit :

— Alors, vous vous décidez ?

— Oui, fit-elle résolûment.

— Vous y avez mis le temps.

— Pourquoi ne l'avez-vous pas abrégé ? demanda-t-elle.

— Je n'étais pas pressé, fit-il en souriant.

— Continuerez-vous donc à me parler avec cette cruauté, même après ma... déclaration ?

— Sans doute. Si je vous parlais autrement vous me croiriez amoureux de vous, comme tous ceux qui vous ont connue jusqu'à ce jour... et je fais exception à la règle.

— Quelle raison avez-vous de me haïr ?

— Je ne vous hais point ; j'ai même, pour vous, plus de sympathie que vous ne le supposez, mais je ne vous aime pas... d'amour.

— Vous ne m'aimerez jamais ?

— Jamais.

— Pourquoi ?

— Parce que j'en aime une autre.

— Votre femme ?

— Oui, ma femme. Si c'était une maîtresse, je vous la sacrifierais avec bonheur; car je n'ai jamais rencontré de plus séduisante créature que vous.

— Alors, demanda-t-elle, c'est le devoir qui vous attache à Madame de Saire ?

— Non pas, c'est un amour d'autant plus profond, d'autant plus sérieux, qu'il est légitime.

Elle garda le silence, un instant, puis elle dit à Georges :

— Vous avez lu les mémoires de Carmen ?

— Tout au long,

— Elle y raconte ma vie ?

— Elle en fait connaitre une partie ; l'autre se devine.

— Elle affirme, reprit Lucrétia, que je suis toujours prête à me venger de ceux qui m'ont offensée ?

— Oui, et elle cite des exemples à l'appui de cette affirmation.

— Et vous ne craignez pas que vos paroles,

10.

votre froideur, mon amour-propre froissé, ne fassent naître en moi des idées de vengeance?

— Nullement. Vous serez, à partir d'au jourd'hui, complétement inoffensive.

— Pourquoi? demanda-t-elle étonnée.

— Parce que, répondit-il, vous êtes, depuis quelques jours, dans un nouveau courant, dans un nouveau milieu de pensées. L'action commise par mademoiselle Lelièvre vous a révoltée, et conduite à faire un retour sur vous-même. Vous ne voulez pas descendre jusqu'à son degré d'infamie. Vous vous arrêterez sur la pente fatale que vous suiviez. Peu à peu, votre nature s'adoucira, vos haines s'envoleront, et vous en arriverez à trouver qu'il y a plus de plaisir, et moins de danger, à pardonner qu'à se venger.

— Personne, dit-elle, ne m'a parlé comme vous le faites.

— Tant pis, pour vos amis, répliqua-t-il.

— Vous êtes donc mon ami?

— Si vous le voulez.

— Je le veux bien, je sens que vous me rendrez meilleure.

— C'est déjà fait, vous l'êtes.

— Oh ! vous allez trop vite, répliqua-t-elle en riant. Pour le quart d'heure, je vous déteste, je vous hais, je...

— Assez. Vous allez me dire que vous m'aimez ; cela sort du programme.

Cette conversation fut la dernière qu'ils eurent ensemble, sur ce sujet, pendant leur séjour en Angleterre.

Didier de Prades attendait M. de Saire devant Claridge - Hotel. Dès qu'il aperçut Georges, il courut à sa rencontre et lui remit une dépêche arrivée dans la soirée.

Elle était conçue en ces termes :

« Recherches inutiles en Angleterre, revenez vite à Paris. Nouvelles importantes. »

Georges et Didier prirent aussitôt congé de M. et madame Vitel, et regagnèrent la France, par la route la plus courte : Folkestone et Boulogne.

XX

Dès leur arrivée à Paris, Didier et Georges apprirent les motifs qui les avaient fait appeler en toute hâte.

Richard, le jour même de leur départ pour Londres, et d'après les instructions données par M. de Saire, avait commencé une enquête au sujet de la malle, portée de l'hôtel de la rue d'Amsterdam au dépôt de la gare du Nord, et que, le lendemain dimanche 12 juin, Mademoiselle Lelièvre était venue chercher.

Les agents chargés de retrouver cette malle, on s'en souvient, n'avaient pu y parvenir. Ils se bornaient à déclarer, dans leurs rapports, que l'employé du chemin de fer avait placé le colis en question sur une voiture, mais qu'il ne pouvait se rappeler l'adresse donnée au cocher.

Il s'agissait, dès lors, pour Richard de reprendre l'affaire où les agents l'avaient laissée.

La tâche était difficile : deux fois déjà on était parvenu à découvrir les voitures dont s'était servi Mademoiselle Lelièvre, mais elles étaient désignées d'une façon particulière. Cette fois, au contraire, on ne possédait aucun renseignement précis ; il fallait se livrer à des recherches pour ainsi dire générales. Les agents du préfet avaient reculé devant ces difficultés ; elles n'arrêtèrent point Richard. Il crut seulement, sans négliger pour cela aucune demarche personnelle, pouvoir s'adresser à la presse, ou plutôt à l'annonce. Quelques lignes insérées dans le *Petit Journal*, promirent une récompense au cocher qui donnerait des indications sur une dame dont il aurait pris les bagages à la gare du Nord, le dimanche 12 juin, pour les transporter dans Paris.

On vint d'abord apporter à Richard des renseignements sans valeur. Plus d'une femme s'était évidemment trouvée dans le cas signalé,

et il devait y avoir confusion. Enfin le cocher
désiré apparut ; il fit le portrait de Carmen et fut du reste reconnu par le facteur du
chemin de fer. Mis en demeure d'indiquer
l'endroit où il avait déposé sa cliente, il se souvint parfaitement de s'être rendu rue d'Amsterdam, non pas à la gare proprement dite,
celle du départ, mais dans la cour où se
trouvent les bureaux d'expédition par la
grande vitesse.

Richard s'y rendit, et obtint d'un des employés de jeter un coup d'œil sur ses livres.
Au bout d'un instant d'examen, il avait trouvé
ce qu'il cherchait : le 12 juin, une malle avait
été enregistrée pour le Havre, bassin du Commerce, à l'adresse de Juana Sanchez, sur le
bateau portugais le *Lisboa*.

L'importance de cette découverte ne peut
échapper à personne. Jusqu'alors le préfet de
police avait persisté à penser que Mademoiselle
Lelièvre s'était embarquée pour le Brésil, mais
il obéissait à ses impressions, il n'avait pas de

raison matérielle de préférer cet itinéraire à l'autre, celui de l'Angleterre. Maintenant, la question avait un tout autre aspect : il ne s'agissait plus d'une personne dont le signalement ressemblait à celui de Carmen, il s'agissait de Mademoiselle Lelièvre elle-même, puisqu'on l'avait vue sortir de l'hôtel de la rue d'Amsterdam, où elle avait habité quinze jours sous son véritable nom, faire porter ses bagages à la gare du Nord, venir les y reprendre, et les expédier au Havre.

Quant à cette expédition, elle était des plus naturelles : Carmen espérait mettre, dans la journée, à exécution son sinistre projet d'enlever la petite Louise et, décidée à prendre le chemin de fer, le soir même, elle avait jugé prudent de se débarrasser de sa malle pour être libre de ses mouvements, et se consacrer tout entière à l'enfant. Si elle avait eu recours à la grande vitesse, c'est que, le *Lisboa* devant lever l'ancre le lendemain matin, elle n'avait pas de temps à perdre. A ce sujet, l'employé

se souvenait qu'elle avait insisté pour savoir
si les bagages partiraient par le premier train.
Il lui avait été répondu affirmativement.

Lorsque Mesdames de Baud et de Saire apprirent les nouvelles découvertes de Richard,
elles les trouvèrent trop importantes pour ne
pas en donner connaissance au préfet de police. Elles lui écrivirent et obtinrent une audience immédiate.

— Je suis ravi de ne m'être pas trompé,
leur dit-il; rappelez ces messieurs, afin qu'ils
viennent tout préparer pour le voyage au
Brésil. J'attends, ce soir même, les pièces que
j'avais demandées aux Affaires étrangères.
Le paquebot de la Compagnie des Mes-
sageries maritimes qui se rend à Rio-Janeiro, quitte Bordeaux dans trois jours;
votre envoyé peut et doit arriver en Amérique, avant que Mademoiselle Lelièvre y
débarque. Lorsque vous verrez votre mari,
Madame, ajouta-t-il en se tournant vers Madame de Saire, vous lui direz, je vous prie,

que j'ai fait prendre les renseignements dont je lui avais parlé. Juana Sanchez n'a jamais habité Paris. C'est un nom de guerre adopté par Mademoiselle Lelièvre. Comme vous le voyez, les nouvelles que vous m'apportez et les miennes sont parfaitement d'accord.

Il n'y avait plus à hésiter. Richard fut appelé, et les deux jeunes femmes, réunies à Georges et à Didier, pressèrent le départ.

On arrêta, d'abord, une place sur le paquebot désigné par le préfet, et le passage fut payé jusqu'à Rio-Janeiro. Suivant toutes probabilités, Richard devait s'arrêter à Pernambuco, mais on le laissait maître de décider la question d'après les événements qui pourraient surgir. M. de Saire remit, en secret, et le plus délicatement du monde, à son envoyé, l'argent qui lui était nécessaire. En même temps, il promettait de lui donner, à son retour, un emploi convenable qui assurerait son avenir et celui de sa fille.

Pendant que Georges, aidé de M. de Prades, prenait ces dispositions, Marcelle et Lucile s'occupaient des moindres détails du voyage. Elles avaient pensé que Richard ne devait pas avoir une garde-robe des plus complètes, et, sans le prévenir, elles remplissaient une malle, de linge et de vêtements. Elles eurent aussi une charmante pensée, celle de faire reproduire, par la photographie, les traits de Jeanne, d'enfermer l'épreuve dans un écrin et de le placer au milieu de la malle que Richard n'ouvrirait qu'en mer. Elles se réjouissaient, toutes deux, à l'idée du bonheur que lui causerait cette surprise, et continuaient à se venger, sur l'amant et sur la fille de Carmen, des souffrances que cette misérable femme leur causait.

Enfin, l'heure du départ arriva. On eut toutes les peines du monde à empêcher Didier d'accompagner Richard. Il voulait l'aider dans ses recherches et partager ses peines. Il fallut recommencer tous les raisonnements qu'on lui avait déjà faits et qu'il combattait l'un après l'autre. Enfin, sollicité, pressé par tous, il consentit à rester en France et à prendre patience jusqu'aux premières nouvelles données par son mandataire.

Les adieux échangés entre Richard et sa fille furent déchirants. On avait espéré cacher à Jeanne les préparatifs du voyage ; sa petite intelligence précoce lui fit tout deviner.

— Je ne veux pas, criait-elle, que mon papa me quitte ; je veux partir avec lui.

— Alors, disait Marcelle en la prenant dans ses bras, tu me laisserais, toute seule, sans enfant, tu ne m'aimes donc pas ?

— Si, je t'aime. T'es bonne pour moi, mais papa aussi est bon, je ne veux pas qu'il parte.

— Il va te chercher une petite sœur.

— J'ai pas besoin de petite sœur ; répliquait l'enfant.

Elle se lamentait, elle pleurait et... Richard pleurait aussi.

Mais il savait tenir ses promesses et accomplir un devoir. Il attendit que Jeanne fût endormie, lui donna un dernier baiser et, après avoir serré les mains qui se tendaient vers lui, il prit la fuite.

XXI

La première lettre de Richard ne pouvait parvenir en France avant six semaines, et encore fallait-il, qu'au moment précis de son arrivée au Brésil, un paquebot fût à la veille de partir pour l'Europe. Cette attente allait être des plus cruelles pour Marcelle et pour Didier. Leurs amis le comprirent et s'appliquèrent à leur occuper l'esprit et à les distraire autant qu'il était en eux.

Lucile ne quittait plus madame de Baud. Elle l'obligeait à faire de longues courses, à se fatiguer le corps, à provoquer le sommeil, c'est-à-dire l'oubli, pendant quelques heures.

Mais si Marcelle consentait à sortir, elle avait la prétention de choisir ses promenades et elles étaient peu variées : elle entraînait toujours son amie vers les Champs-Élysées et s'asseyait à la place, où elle avait vu Louise pour la dernière fois.

— Elle était là, disait-elle, tenez, là, je crois reconnaître la chaise. Elle se tenait debout et penchée, afin de mieux voir. Moi j'étais debout aussi, derrière elle, et un peu de côté, pour suivre tous les mouvements de sa physionomie, me réjouir de sa joie, admirer ses fraîches couleurs, et son joli regard... Jamais, peut-être, je n'avais été si fière de sa beauté, je ne me lassais pas de la contempler et je n'ai pas conscience d'avoir prêté la moindre attention au défilé des voitures qui l'intéressait si fort... Ah! lorsque après avoir été séparée d'elle, je suis revenue à cette place et que j'ai trouvé la chaise vide, vous ne pouvez

pas vous figurer ce que j'ai souffert... J'ai
senti au cœur une douleur aiguë..., un coup
de poignard, j'en suis sûre, ne fait pas tant de
mal... Puis le froid m'a prise, de longs frissons
m'ont parcouru le corps... Il me semblait
que tout mon sang coulait... que mes forces
s'éteignaient.

Lucile, en femme intelligente, n'essayait pas
de changer le cours des idées de Madame de
Baud. Elle laissait son désespoir s'exhaler, et
ses plaintes se reproduire sans cesse.

Marcelle ne s'interrompait que pour s'occuper de Jeanne, qu'elle amenait toujours avec
elle. La vue de cette enfant rendait, par moments, sa douleur plus poignante, mais parvenait aussi à éloigner, quelques instants, ses
sombres pensées, car elle poussait la délicatesse jusqu'à ne pas vouloir attrister l'enfant
qui lui était confiée.

— La pauvre petite, disait-elle, me prend
pour sa mère... Une mère doit sourire à sa
fille, lui cacher ses tristesses, empêcher ce

jeune front de s'assombrir, chasser, de cet esprit, les douloureuses impressions, et laisser ignorer à ce petit cœur les chagrins de la vie.

Elle prenait soin de Jeanne, sinon avec autant d'amour, du moins avec autant de zèle qu'elle s'occupait autrefois de Louise. Elle croyait avoir une mission à remplir, auprès de la fille de Richard, et cette généreuse pensée l'aidait à supporter ses tristesses.

De son côté, Georges de Saire s'était emparé de M. de Prades et l'empêchait de s'isoler dans sa douleur. Il avait trouvé, pour Didier, un emploi dans sa charge et le mettait en demeure de l'accompagner à la Bourse.

— Mon cher, lui disait-il, notre métier a cela de bon qu'il nous absorbe, non-seulement matériellement pendant le jour, mais moralement, à toute heure. Les moindres nouvelles ont une telle influence dans notre royaume ou notre caverne, comme vous voudrez, peuvent ruiner ou enrichir tant de monde, que nous

sommes toujours sur le qui-vive. On nous croit
libres, à partir de cinq heures! Allons donc!
notre esclavage devient encore plus dur : il
nous faut lire les journaux du soir, essayer
de deviner quelle influence aura sur la rente
la dernière dépêche de l'agence Havas... Après
notre dîner, on nous voit errer sur les boulevards, frôler tous les groupes, interroger toutes
nos connaissances. Les agents de change,
leurs associés, les coulissiers sérieux n'osent
pas s'approcher de la petite Bourse qui se
tient devant le passage de l'Opéra; c'est
mal porté. Mais nous avons, de ce côté, des
émissaires secrets, prêts à nous tenir au courant de ce qui se dit et surtout de ce qui se
fait. Nous causons avec un ami; il parle et
croit être écouté. Erreur! nous écoutons X. et
Z. qui nous murmurent à l'oreille des mots
mystérieux. Même en vacances, à la campagne,
au bord d'une rivière, notre pensée et notre
regard, au lieu de vagabonder et de suivre le
cours de l'eau, suivent le cours de la Bourse.

M. de Saire, pour ne blesser aucune des susceptibilités de M. de Prades, et l'intéresser à ses nouvelles occupations, prétendait aussi avoir fait quelques opérations heureuses pour le compte de Didier, et ne dépenser, en voyages et en recherches, que des sommes gagnées par celui-ci.

C'était, en un mot, entre Georges et Lucile, une lutte constante de délicatesses, afin d'aider leurs amis à supporter les heures cruelles de l'attente.

Tout en ayant les yeux fixés sur le Brésil, M. de Prades ne pouvait se défendre, cependant, de regarder du côté de l'Angleterre. Georges lui avait communiqué plusieurs lettres écrites par Madame Vitel, et dans lesquelles Lucrétia continuait à soutenir que Carmen ne pouvait être en Amérique :

« Vous faites erreur, disait-elle; le *Lisboa* est parti du Havre le lundi matin, et Carmen, j'en suis persuadée, a été rencontrée le lundi dans la journée. Mon domestique n'a pu

11

se tromper. Je l'ai interrogé de nouveau, et je ne mets pas en doute ses affirmations. Ce témoignage est bien plus important que celui du cocher qui aurait transporté la malle de Mademoiselle Lelièvre de la gare du Nord à la gare de l'Ouest.

« Je ne puis croire davantage à cette expédition par la grande vitesse, faite au nom de Juana Sanchez, et à ce faux passe-port. Pourquoi voulez-vous que Carmen se soit donné tant de peine pour cacher sa personnalité ? Elle ignore que ses mémoires ont été lus par vous et que vous avez les motifs les plus sérieux de la soupçonner du vol de votre enfant. Elle a fui, sous son véritable nom, et n'a eu qu'une préoccupation : n'être pas aperçue dans Paris, au moment de l'enlèvement, n'être pas arrêtée sur le fait, en flagrant délit.

« Le préfet de police, en reconnaissant, dans Carmen, celle que vous cherchiez, en vous confiant son manuscrit, vous a rendu un

immense service. Mais, ces mémoires le dis-
oosent à faire fausse route. Il croit que
Mademoiselle Lelièvre s'en occupe alors même
qu'elle n'y saurait songer. Enfin, partez pour
l'Amérique , moi je reste à Londres... et
vous verrez si je n'ai pas eu raison. »

Ces lettres ne furent pas communiquées à
Madame de Baud. Ses amis pensèrent qu'il ne
fallait pas affaiblir la confiance qu'elle avait
dans le voyage de Richard. Mais si, contrairement à toutes les suppositions, Carmen n'était
pas au Brésil, on aurait alors raison de la douleur de Marcelle, en faisant luire, à ses yeux,
l'espoir de retrouver sa fille en Europe.

XXII

On reçut, le 10 août, la première lettre de
Richard. Elle était conçue en ces termes :

« Je vous écris à bord du paquebot qui, dans
deux jours, s'il ne survient aucun accident, me

débarquera sur la côte du Brésil. Je veux que ma lettre soit prête à partir par le premier bâtiment qui gagnera l'Europe. Je vous écrirai, à tout instant, et par toutes les voies qui sont à ma disposition : Bordeaux, Marseille, Southampton, Liverpool et la ligne du *Pacific steam navigation company*.

« Tout bien calculé, après de sérieuses réflexions, je me ferai descendre à Pernambuco. Le *Lisboa* doit, vous le savez, s'y arrêter, et, au dire des officiers de mon navire, il est de toute impossibilité, qu'étant parti du Havre seulement dix jours avant nous, il se trouve déjà dans nos parages. Les meilleurs voiliers, favorisés par le temps, ne mettent pas moins de trente à trente-cinq jours à faire cette traversée, et le *Lisboa* ne passe pas pour un excellent marcheur.

« A Pernambuco, j'attendrai l'arrivée du bâtiment portugais, et dès qu'il sera signalé, je monterai dans une embarcation, et je le rejoindrai. Si Mademoiselle Lelièvre est à bord et veut atterrir, mon canot suivra le sien. J'aurai préparé le consul français et les autorités brésiliennes à l'accueillir comme elle le mérite. Si, au contraire, elle continue sa route jusqu'à Bahia ou Rio-Janeiro, je voyagerai avec elle sur le *Lisboa*, où je prendrai passage pour ce trajet de quelques jours. Voilà mes projets, qui auront, je l'espère, votre approbation.

« Je ne vous recommande pas ma Jeanne, je sais dans quelles mains je l'ai laissée. Je vous prie seulement de la couvrir de baisers pour moi.

« En terminant, je veux vous remercier, du plus profond de mon cœur, de votre dernière et si touchante attention. Dès le second jour de mon voyage, j'ai trouvé le portrait de ma fille bien-aimée. Quelle joie j'ai ressentie ! Puissiez-vous bientôt presser votre Louise sur votre cœur, comme je presse, sur le mien, l'image de ma chère Jeanne ! »

. . . .

« Ce matin, écrivait Richard, à la date du

13 août, une embarcation me descendait sur
le quai de Pernambuco. Au bout d'un instant,
je savais que le *Lisboa* n'était pas dans le port.
Je me fis alors conduire chez le plus connu des
consignataires portugais et celui qu'on me dé-
signa comme parlant le mieux la langue française. J'avais eu la main heureuse : M. X...
était justement chargé par une maison de Lis-
bonne de s'occuper du *Lisboa* et de lui procurer du fret, à son retour, si le capitaine n'en
trouvait pas à Rio-Janeiro.

« Le consignataire n'attendait pas ce navire
avant une dizaine de jours, au plus tôt, car le
paquebot sur lequel je venais d'arriver de
France lui avait apporté des lettres de l'armateur du Havre. Il savait l'époque précise du
départ, ce qui lui permettait de faire des cal-
culs approximatifs sur l'heure de l'arrivée. Il
put me communiquer la liste des passagers et
je lus ces mots qui m'arrachèrent un cri de
joie : Juana Sanchez, accompagnée d'une petite
fille de trois ans.

« — Seriez-vous le père de cette enfant ? me demanda-t-il.

« — Non, monsieur, répondis-je, mais je suis chargé par sa famille de la reprendre à celle qui l'a enlevée.

« — Je sais... mon correspondant me parle de cette affaire dont vos amis l'ont entretenu, au Havre. Il me recommande de veiller sur Juana Sanchez.

« — Veiller ! m'écriai-je effrayé. Qu'entend-il par là ?

« — Rassurez-vous, il veut dire de veiller à ce que l'enfant vous soit rendue. Nous n'admettons pas que des navires de notre maison donnent impunément asile aux malfaiteurs.

« Un instant après je quittais M. X..., qui me promettait son concours le plus actif.

« Le lendemain je suis allé voir le vice-consul français et, tout en me recommandant la plus grande prudence, il a bien voulu m'assurer de sa protection.

« Pendant les dix jours qui doivent s'écouler, avant l'arrivée du *Lisboa*, j'essayerai d'intéresser à ma cause toutes les personnes qui pourraient m'être utiles. J'ai eu raison, je crois, de m'arrêter ici ; le terrain est bien préparé, l'opinion publique m'est favorable. Je ne demande pas l'arrestation de Mademoiselle Lelièvre. Que m'importe et que vous importe ? Vous vous êtes déjà expliqué avec moi à ce sujet. Il suffit qu'elle nous rende votre Louise, et elle nous la rendra, je le jure.

« . . . . »

Dans une autre lettre, Richard parlait de ses démarches pour retrouver M. et Madame Lelièvre. Il ne se croyait pas en droit de leur apprendre le crime de leur fille, mais il voulait les interroger sur Carmen, leur demander si elle leur avait manifesté l'intention de les rejoindre, et si elle était attendue.

M. Lelièvre était très-connu, de nom, à Pernambuco. On se souvenait parfaitement de son mariage, de ses nombreux départs pour la

France et de ses non moins fréquents retours
en Amérique. Mais on ignorait ce qu'il était devenu, depuis une année. A la suite de mau
vaises affaires, dans un nouveau genre de commerce, celui des œufs de tortue, qu'il voulait
exporter sur une grande échelle, il avait pré-
cipitamment quitté Pernambuco. Cette fois, par
exception, il ne devait pas avoir fait voile pour
le Havre ; on le croyait au Brésil.

A quelle industrie s'y livrait-il ? Richard
finit par l'apprendre et en parle en ces termes :

« Sur la côte, dans un endroit retiré,
à moitié chemin de Pernambuco et de
Bahia, près d'une petite ville appelée Alagoas,
M. Lelièvre fait la traite des nègres. Ne
nous y trompons pas, il ne s'agit point de la
traite proprement dite, qui consiste à pénétrer
dans le centre de l'Afrique, à échanger, contre
quelques barils de rhum, un millier d'esclaves
prisonniers de guerre et à les transporter en
Amérique, pour les y vendre un bon prix. Ce
métier est inhumain, barbare, révoltant ; mais

les dangers auxquels il expose ceux qui l'exer
çent, le rendent moins odieux. C'est, d'abord,
une lutte de tous les instants contre la fatigue,
la maladie, la trahison. On n'échappe souvent
à la fièvre jaune et aux insolations que pour
être massacré par une tribu, en guerre avec
celle qui vous protége. Est-on parvenu à transporter sa marchandise humaine sur un navire,
qu'il faut craindre les révoltes à bord, les épi-
démies et surtout les vaisseaux anglais, ennemis jurés des négriers. C'est à travers mille
obstacles qu'on atteint le port, pour être, la
plupart du temps, arrêté à la demande des
consuls étrangers.

« M. Lelièvre se garde bien de courir de tels
risques. Il attend patiemment, sur un point
convenu, l'arrivée des rares navires qui se
livrent encore à la traite. On lui conduit, à
terre, les malheureux esclaves, il les paye le
moins cher possible, et les revend, dix fois ce
qu'ils lui ont coûté, aux propriétaires des ha-
bitations voisines des lieux sur lesquels il

opère. Les bras manquent au Brésil, et le gouvernement ferme les yeux sur ces opérations, dans l'intérêt de la canne à sucre, du coton et du café.

« Je n'irai certainement pas rejoindre M. Lelièvre sur la plage où il cache sa coupable industrie. Les renseignements que j'obtiendrais de lui ne me paraissent pas devoir être assez importants pour que j'entreprenne un voyage de cinq à six jours, durant lequel le *Lisboa* pourrait arriver.

«　.　.　.　.　.　.　.　.　.　.　.　»

.20 août.

« Les dix jours sont écoulés. On attend d'un moment à l'autre le *Lisboa* ; on commence même à s'étonner qu'il ne soit pas encore en vue.

« Je ne m'éloigne plus de la ville, je ne quitte même pas mon hôtel. Dès que le navire portugais sera signalé, on accourra me prévenir. L'embarcation, qui doit me conduire à bord, est prête, et attend mes ordres. Je touche au but de mon voyage et j'ai grande confiance.

« ·　·　·　·　·　·　·　·　·　·　·　·　»

26 août.

« Un mot à la hâte : je pars dans une heure
pour Rio-Janeiro. Ne vous alarmez pas ; rien
n'est perdu, rien n'est compromis, il s'agit
seulement d'un retard.

« Je me promenais, ce matin, sur le port, in-
terrogeant l'horizon, questionnant plusieurs
capitaines dont j'ai fait la connaissance et, en
réalité, fort inquiet de n'avoir aucune nouvelle
du navire attendu.

« Tout à coup, je suis rejoint par le consignataire dont je vous ai parlé ; il vient de mon
hôtel, et me cherche, depuis un instant, pour me
communiquer une dépêche importante : le
Lisboa, n'ayant de marchandises ni pour Pernambuco ni pour Bahia, et aucun de ses passagers ne demandant à descendre dans ces
ports, a fait voile directement pour Rio-Janeiro,
où il vient d'entrer après une heureuse traversée

« L'hésitation n'est pas permise ; il faut, au

plus vite, me rendre dans la capitale du Brésil. Je trouverai le *Lisboa* sur rade, puisqu'il s'occupe de son déchargement, et j'ob-
tiendrai tous les renseignements désirables
sur Juana Sanchez. Si elle est restée en
ville, je la retrouverai. Si elle s'est rendue
dans l'intérieur des terres, je saurai l'atteindre.

« Le paquebot anglais, qui vient de Southampton, est signalé. J'irai le rejoindre sur un des
petits bateaux à vapeur de la Compagnie et
dans quatre jours, cinq au plus, j'arriverai à
Rio-Janeiro. Je vous écrirai aussitôt. »

XXIII

« . . . .

« Ce matin, 1ᵉʳ septembre, à neuf heures,
nous reconnaissions le cap Frio. Vers midi, nous
étions en vue des montagnes des Orgues et
nous jetions l'ancre dans la rade de Rio-

Janeiro. Je monte dans une des nombreuses embarcations qui fourmillent autour de nous, et je donne l'ordre de me conduire à bord du *Lisboa*. Un quart d'heure après je suis sur le pont de ce navire, et je remets au capitaine une lettre par laquelle son collègue de Pernambuco me recommande chaudement.

« Il lit, me regarde, et me dit en assez bon français :

« — C'est une de mes passagères, appelée Juana Sanchez, que vous voulez retrouver ?

« — Oui, monsieur, mais auparavant un mot. Comment la petite fille, que Juana Sanchez accompagnait, a-t-elle supporté la traversée ?

« — Parfaitement. Les enfants se portent à ravir en mer ; celle dont vous parlez, un peu pâle, au début du voyage, avait, en arrivant ici, les plus belles couleurs du monde.

« — Merci, monsieur, merci. Maintenant, pourriez-vous me dire ce qu'est devenue cette dame?

« — Elle est descendue à terre, dès que la

Santé et la Douane nous en ont donné la permission, et je ne l'ai plus revue.

« — Comment! vous ignorez?...

« — Évidemment. Ma mission était remplie
vis-à-vis de mes passagers ; je n'avais plus à
m'occuper que de mon navire et de mes marchandises.

« — Et personne ne pourrait répondre à ma
question ?

« — Pardon, le maître d'hôtel du bord.

« Cet homme fut appelé, et m'apprit que
Juana Sanchez était descendue à l'hôtel de
l'Europe.

« — Y est-elle encore? demandai-je.

« — Je ne crois pas, monsieur. Elle devait gagner l'intérieur des terres ; mais, à
l'hôtel, on vous dira de quel côté elle s'est dirigée.

« Une heure après, j'apprenais que Juana
Sanchez était partie, l'avant-veille, pour Juiz-de-
Fora, petite ville située sur la côte, à vingt-
cinq lieues environ de Rio-Janeiro.

« Je me mets en route immédiatement. Ayez
bon espoir. »

« .   .   .   .

« Cette lettre ne vous apprendra rien de
nouveau ; elle vous parviendra, du reste, par
le même courrier que celle d'hier. Je suis arrêté dans mon voyage et j'en profite pour vous
écrire ; vous saurez, ainsi, que tous mes instants
vous sont consacrés, que toutes mes pensées
vous appartiennent.

« Je croyais arriver aujourd'hui à Juiz-de-
Fora. Je m'étais trompé. Les communications
sont difficiles au Brésil ; je viens de l'apprendre
à mes dépens. Pour me rendre à Pétropolis,
d'où je date ma lettre et qu'il fallait traverser,
j'ai dû perdre cinq heures, et employer trois
moyens différents de locomotion. Cependant
Pétropolis, résidence d'été de l'Empereur, se
trouve située à une très-courte distance de la
capitale.

« Obligé, pour continuer ma route, d'attendre
la diligence dont le départ n'a lieu que demain

matin, j'ai d'abord été très-contrarié de ce retard. Me voici consolé, grâce aux renseignements précieux que j'ai recueillis :

« Je n'ai jamais douté que Juana Sanchez ne fût Mademoiselle Lelièvre, mais je me demandais souvent pour quel motif elle s'était rendue dans une ville aussi secondaire que Juiz-de-Fora, et en vue de quel dessein elle s'était éloignée de Pernambuco, où elle a conservé des relations, pour s'enfouir dans une contrée connue, seulement, des habitants de Rio-Janeiro. La lumière s'est faite sur ce point.

« Il paraîtrait qu'à Juiz-de-Fora, près d'une propriété appartenant à un de nos compatriotes, M. Lage, réside une très-riche famille brésilienne, qui, depuis un an, demande, en Europe, une institutrice ou une dame de compagnie, mariée ou non mariée, avec ou sans enfants, parlant le français de façon à pouvoir l'enseigner, et sachant assez la langue portugaise pour se faire comprendre de ses élèves.

« Mademoiselle Lelièvre, qui préparait déjà sa fuite, s'est sans doute proposée pour tenir l'emploi en question et a été agréée. Ses vœux se trouvent ainsi comblés : elle habite le pays de ses rêves, elle gagne de l'argent, ce qu'elle n'a jamais dédaigné, elle s'est vengée de vous, elle a changé l'enfant qu'elle n'aimait pas, contre celle qui lui rappelle un tendre souvenir, et elle se croit assurée de l'impunité dans cette ville perdue.

« L'impunité ! Allons donc !

« Demain je t'aurai démasquée, je t'aurai fait chasser de cette famille que tu ne tarderais pas à trahir comme tu as trahi les autres; j'arracherai de tes bras le cher petit être que tu nous a volé !

« Je te tiens ! Quelques lieues nous séparent à peine. Avant-hier, tu occupais dans cette ville le même hôtel que moi, ma chambre peut-être. Le maître de cette maison m'a tracé le portrait de Juana Sanchez, c'est le tien.

« A demain donc, après-demain au plus tard,

de grandes nouvelles et de bonnes nouvelles. Ayons confiance, nous touchons au but.

« . . . . »

4 septembre.

« Pardon, pardon, mille fois pardon, mes chers protecteurs ! Ah ! puisse cette lettre vous arriver avant les deux dernières, être lue avant elles ! Je vous ai mis l'espérance au cœur, j'ai crié victoire, et aujourd'hui il faut vous dire : Nous nous sommes trompés; nous avons fait fausse route : Juana Sanchez n'est pas Carmen Lelièvre!

« Je viens de voir celle que vous m'avez donné mission de poursuivre. Comment l'a-t-on prise pour Carmen, mon Dieu ! Comment nous a-t-on, à ce point, induits en erreur !

« Et l'enfant ? Comme la vôtre, d'après tout ce qu'on m'en a dit, doit être plus jolie !

« C'est fini, n'est-ce pas ? Ma lettre vous est tombée des mains : vous ne la ramasserez certainement pas pour la continuer. Carmen n'est pas ici : que vous importe le reste !

« Cependant je dois garder la plume, malgré mon découragement et ma douleur. Je dois vous donner certains détails qui vous aideront dans vos nouvelles démarches.

« Et dire que c'est moi, moi, qui suis en partie cause qu'on recherche Carmen en Amérique! Oui, c'est moi. D'après vos ordres, j'ai voulu retrouver la malle déposée par elle à la gare du Nord, et j'ai suivi une fausse piste. Il m'a suffi de quelques instants de conversation, avec Juana Sanchez, pour tout comprendre.

« Cette femme, qui est veuve et mère d'une petite fille de l'âge de la vôtre, a quitté, il y a deux ans, le Brésil, où elle est née, pour venir habiter la France. Elle s'était munie du passe-port dont l'armateur du Havre vous a parlé.

« Mais ce que nous ignorions, c'est que Juana Sanchez vivait à Lille. Aussi le préfet de police, ayant ordonné une enquête sur elle dans Paris, n'a pu obtenir aucun renseignement, et a cru pouvoir conclure qu'elle n'avait jamais existé.

« Mécontente de sa position en France, et sachant que, dans son pays, une famille honorable cherchait une institutrice, elle s'est offerte, et sa demande a été favorablement accueillie. Alors, elle a prié une des ses amies, qui habite Paris, et qu'elle voulait revoir avant de partir, de lui arrêter son passage, au Havre, sur un bâtiment à voiles, en destination de Rio-Janeiro, et cette amie, après avoir consulté les affiches annonçant le départ prochain d'un navire portugais, a, par télégramme, rempli la mission dont elle était chargée.

« Juana Sanchez s'éloigne de Lille, le 11 juin dans la soirée, arrive à Paris de grand matin, laisse ses bagages au dépôt de la gare du Nord, se rend chez son amie, revient prendre sa malle, et la porte rue d'Amsterdam, où elle la fait enregistrer pour le Havre.

« C'est elle que j'ai suivie, croyant suivre Mademoiselle Lelièvre : c'est le cocher de Juana Sanchez que j'ai retrouvé et non pas celui de Carmen.

12.

« Mais celle-ci, qu'est-elle devenue? Nous avons aussi la preuve évidente du dépôt, fait par elle, à la gare du Nord, et qui s'explique si facilement de deux façons : soit qu'elle voulût donner le change, aux habitants de son hôtel, sur la route qu'elle comptait prendre le lendemain, soit que, le samedi 11, elle ne fût pas encore fixée sur sa véritable destination et qu'elle eût l'idée de gagner Boulogne, Calais ou même la Belgique.

«Elle a changé d'avis et elle est venue, le 12, sans qu'on l'ait remarquée, chercher ses bagages pour les porter rue d'Amsterdam, où, vers minuit, elle a pris la voie qui devait la mener à Caen, après un arrêt à Vernon, et la mettre ensuite sur la route de l'Angleterre.

« Tout s'est passé le plus naturellement du monde ; mais hélas! la vérité ne m'est apparue qu'au Brésil!

« Je n'ai plus rien à faire dans ce pays : je pars, dans un instant, pour Rio-Janeiro, où je prendrai le premier paquebot qui se dirigera vers l'Europe. Je viens, sans retard, joindre mes efforts aux vôtres; je veux réparer mes fautes, je veux que vous me pardonniez vos espérances déçues...

« Mais, j'y songe, puisqu'elle est restée en Europe, puisque madame Vitel persiste à la chercher, peut-être que déjà... non, non, je m'arrête... j'ai peur de me tromper de nouveau.

«   .   .   .   .   »

Cette lettre, comme Richard le supposait, partit par le même courrier que les précédentes. Les terribles angoisses, redoutées pour Marcelle, lui furent épargnées. Le coup, cependant, fut terrible : elle avait tant de confiance dans ce voyage au Brésil, et elle se trouvait, maintenant, rejetée si loin !

C'est alors qu'on lui communiqua les lettres de Madame Vitel. Elles méritaient d'être prises en sérieuse considération : Lucrétia ne s'était pas, une seule fois, trompée dans ses prévisions.

Mais qu'importait qu'elle eût raison, puisque, à Londres comme en Amérique, on ne trouvait pas Carmen!

Qu'allait-on faire? Se livrer à de nouvelles recherches en Angleterre? Georges et Didier se consultaient à ce sujet, lorsque M. de Saire reçut un télégramme ainsi conçu :

«Le Mans, 2 octobre, 8 h. du soir.

« Je pars pour Paris. Venez me voir demain matin avec votre ami. Nouvelles importantes.

« LUCRETIA VITEL. »

XXIV

Le lendemain, vers onze heures du matin, M. de Prades et M. de Saire se présentaient chez Madame Vitel, avenue de l'Impératrice. On les fit entrer dans un petit salon où Lucrétia ne tarda pas à les rejoindre. Elle s'avança d'abord vers Didier et lui souhaita la bienvenue, puis, se rapprochant

de Georges, elle prit les deux mains qu'il
lui tendait et les serra longtemps avec force.
Elle avait un peu pâli, durant ses voyages, et
son regard était comme attendri. Il se faisait,
sans doute, en elle, l'espèce de transformation annoncée par M. de Saire.

— Messieurs, leur dit-elle en s'asseyant,
je comprends votre impatience et je ne vous
ferai pas attendre mes communications. Je
suis seulement obligée de vous demander, avant
toutes choses, si vous avez des nouvelles du
Brésil ?

— Oui, Madame, répondit M. de Prades,
mais elles sont loin d'être bonnes.

— Naturellement. On n'a pas retrouvé Juana
Sanchez.

— Au contraire.

— Ah ! eh bien ?

— Ce n'était pas Carmen Lelièvre.

— Je vous l'avais prédit ; vous me rendrez
cette justice. Maintenant, veuillez m'écouter.

Pendant le récit qui va suivre, Madame

Vitel s'adressa plus souvent à Georges de
Saire qu'à Didier de Prades ; elle se tournait machinalement vers le premier et ne semblait voir que lui. Sa voix était émue, et lorsque,
oubliant la gravité du sujet, elle se permettait
une plaisanterie, on sentait qu'elle obéissait à
ses nerfs trop surexcités, ou bien qu'elle voulait cacher de secrètes préoccupations.

— Après votre départ, dit-elle, j'ai longtemps
encore habité Londres, seule avec M. Vitel,
ce qui me sera certainement compté un
jour. Mes recherches n'eurent pas de résultat :
je ne retrouvai point Carmen, et je n'obtins
aucun de ces indices trompeurs qui relèvent,
un instant, les courages abattus. Pour ne pas
succomber au désespoir, ajouta-t-elle en souriant, je dus envisager la question sous un autre aspect : Aux raisonnements imaginés pour
me convaincre de la présence de Carmen à Londres, j'en opposai de nouveaux destinés à me
persuader qu'elle n'avait pu y mettre les
pieds. Pourquoi, me dis-je, Mademoiselle Le-

lièvre, dont l'amour pour la campagne est évident, qui regrette sans cesse d'être obligée de vivre à Paris, serait-elle venue, de son plein gré, s'enfermer, au milieu de l'été, dans une ville de trois millions d'âmes? Je me souvins de ses amusantes colères contre les maisons assez mal avisées pour masquer le ciel, et contre tous ces barbares habitants des villes qui ont l'infamie de remplacer l'herbe par des trottoirs et les arbres par des réverbères. Libre, enfin, après un esclavage de plusieurs années, ne devait-elle pas avoir été entraînée, fatalement, vers ses lieux de prédilection?

Mais, dans le nombre, comment les découvrir? Les environs de Londres? Je les avais parcourus dans tous les sens. Quelque autre ville de l'Angleterre? Je venais de visiter les principales, laissant seulement de côté les villes trop manufacturières que Carmen devait avoir fui, par suite de sa profonde horreur pour les usines et les fabriques. L'Écosse, peut-être? Pourquoi ce pays de montagnes et

de lacs, éloigné d'une centaine de lieues,
lorsqu'à vingt lieues d'elle se trouvait la mer,
qu'elle a toujours chantée et adorée?

C'est alors que je crus me rappeler avoir
vanté, devant Carmen, les charmes de l'île de
Wight, où j'ai passé toute une saison. N'était-
il pas logique de penser qu'elle s'était retirée
dans cette délicieuse oasis, où personne ne
pouvait songer à venir troubler ses médita-
tions... criminelles?

Je me souvins aussi d'un détail que Mademoiselle Lelièvre, dont les connaissances géo-
graphiques sont fort étendues, ne pouvait pas
ignorer : dans l'île en question, existe une petite ville appelée Cowes, où l'on prend d'excellents bains de mer, mais où l'on peut prendre [aussi [le steamer de Southampton qui se
rend aux États-Unis.

Si personne ne songeait à la poursuivre,
Carmen goûterait à Cowes tous les charmes
de la villégiature maritime. Si la crainte
d'être découverte et arrêtée lui survenait, au

contraire, si quelque agent français, qu'elle saurait bien reconnaître avec son flair habituel, rôdait dans le pays, elle s'embarquait aussitôt pour l'Amérique, avant qu'on eût obtenu son extradition. Elle était certainement femme à prendre toutes ces précautions, non pas dans la crainte d'être poursuivie personnellement (je me suis expliquée à ce sujet), mais dans la pensée que la police française pourrait retrouver les traces de l'enfant enlevée.

Je fis part de mes nouvelles idées à M. Vitel; il daigna les partager, prévint le capitaine de notre yacht de se tenir prêt à chauffer pour l'île de Wight et, en vue de notre voyage... au long cours, il courut chez un chapelier s'acheter une nouvelle casquette d'officier de marine. Il paraît que l'ancienne n'avait pas assez de galons.

Le lendemain, nous couchions dans le meilleur hôtel de Cowes. Quand je dis nous couchions, je me trompe. M. Vitel, qui devait à sa casquette galonnée d'être devenu un

13

véritable marin, refusa de quitter son bord.
Réduite à mes seules forces, je commençai, le
soir même, mon enquête sur Carmen.

Je dois vous dire, Messieurs, que si vous
avez inutilement poursuivi Mademoiselle Lelièvre jusqu'au Brésil, si vous avez pris Juana
Sanchez pour elle, c'est de votre faute. Vous
vous êtes trop attachés au portrait physique, et
pas assez au portrait moral. Vous disiez : Nous
cherchons une femme de telle et telle façon, et
on vous répondait : Nous l'avons vue. Cela
devait être ; rien au monde n'est plus difficile que de faire un portrait de vive voix, ou
par écrit, et toutes les descriptions de ce genre
ont des points de ressemblance. Examinez les
passe-ports : nez moyen, bouche moyenne,
menton rond, yeux gris. Cependant, mettez un gendarme en face d'un voyageur et
de son signalement; il examine le premier,
épelle le second, examine de nouveau, relit
une seconde fois et s'écrie: « C'est bien cela;
passez. » La police a si bien compris la

naïveté de ces indications qu'elle se sert
aujourd'hui de la photographie. Mademoiselle Lelièvre ne s'étant jamais fait pho-
tographier... pour cause de laideur... vous
n'avez pu présenter son portrait, vous n'avez
donné que son signalement, et tout le monde
l'a reconnue. Je m'étonne même qu'on ne vous
ait pas lancés sur les traces de plusieurs autres
Carmen. Mais je ferme la parenthèse et je
reprends mon récit.

Je jouissais d'une grande considération dans
notre hôtel : mon mari qui, sur mer, tenait
si bien l'emploi de grand amiral, se contentait,
à notre entrée dans un port, des modestes fonctions de canonnier. A peine la terre était-elle
en vue, que s'élançant vers l'unique pièce d'ar-
tillerie du bord, il emplissait l'air de détona-
tions terribles. Notre arrivée à Cowes avait
été particulièrement bruyante, et toute la po-
pulation de la ville s'était pressée sur les quais
pour voir manœuvrer notre yacht. Lorsque je
descendis ensuite à l'hôtel, précédée de trois

domestiques, on me prit, tout au moins, pour une princesse régnante, on me donna le plus bel appartement et on se mit à mes pieds. Je profitai de l'effet produit pour faire subir au maître de la maison un interrogatoire en règle qui devait m'être très-utile, comme vous allez le voir.

XXV

— Je cherche, dis-je à cet homme, une personne soupçonnée d'avoir dernièrement habité chez vous, et je viens vous prier de faire appel à vos souvenirs, pour m'aider à la retrouver. Il s'agit d'une femme de vingt-cinq à vingt-huit ans, parlant plusieurs langues et pouvant, à la rigueur, passer pour une Anglaise. Elle serait arrivée à Cowes, il y a six semaines au plus, et elle était accompagnée d'une enfant de trois à quatre ans.

— Madame ne peut me dire son nom? fit le maître d'hôtel.

— Si, mais je doute qu'elle vous l'ait appris.
Elle s'appelle Carmen Lelièvre.

— En effet, elle n'est pas inscrite sur mes livres.

— Alors ne vous préoccupez plus de savoir
comment elle se nomme ; n'ayez recours qu'à
votre mémoire.

— Madame veut-elle me faire le portrait de
cette personne ?

— Non pas, ce serait maladroit, vous la re-
connaîtriez immédiatement. C'est à vous que je
demande, au contraire, de me donner le signalement de celles de vos clientes qui voyageaient
sans leur mari, sans leur famille, sans domestiques, et avec une petite fille. Vos souvenirs
se trouveront ainsi très-limités.

Le maître d'hôtel réfléchit un instant, et me
déclara qu'il avait connu trois voyageuses, dans
les conditions indiquées par moi.

— Veuillez, dis-je, me les dépeindre.

— La première, je la vois encore. C'était
une femme très-grande, ayant beaucoup d'em-
bonpoint...

— Passons à la seconde, m'écriai-je sans
hésitation.

— Oh! la seconde, fit le maître d'hôtel, dont
le regard devint expressif et la voix plus tendre, je ne saurais l'oublier. C'est une des plus
jolies femmes que...

— Veuillez vous occuper de la troisième.

— Celle-là, Madame, je me la rappelle
aussi très-bien, pour d'autres motifs. Elle
m'a rendu la vie si dure : elle n'était contente
de rien, ni de sa chambre, une des meilleures
de la maison, ni de la nourriture, ni de la bière,
ni du vin. Elle trouvait mes prix trop élevés, et
les discutait sans cesse. Elle se plaignait des
domestiques, de ses voisins, de ma femme, de
mes filles, de mes gendres, de tout le monde
enfin.

— Continuez, fis-je, vous commencez à
m'intéresser. Et pourquoi gardiez-vous une
pensionnaire aussi désagréable?

— Il est bien difficile de se débarrasser
de voyageurs qui payent mal, mais enfin qui

payent. Et puis, cette dame avait une adorable petite fille.

— Ah ! vraiment ! De quel âge ?

— Trois à quatre ans.

— Et la mère paraissait-elle beaucoup l'aimer ?

— Vous me faites une question, Madame, que je me suis souvent posée, sans pouvoir la résoudre. Tantôt je la voyais repousser brusquement sa fille, comme si le pauvre petit ange lui rappelait un mauvais souvenir. D'autres fois elle la prenait dans ses bras, la regardait avec admiration et répétait à satiété : Dieu ! que tu es belle ?

— Vous n'avez jamais eu l'occasion, demandai-je, de causer avec l'enfant ?

— Non, Madame, sa mère ne la laissait jamais seule. Elle semblait craindre de la voir parler à quelqu'un de l'hôtel.

— Et comment l'appelait-elle ?

— Jane.

— Vous dites ?

— Je dis Jane. Le nom ne s'écrit pas de la même façon en français, mais on m'a dit qu'il existait chez vous.

— Oui, nous disons Jeanne. L'enfant était triste, prétendiez-vous.

— Oh ! oui, et la tristesse est si rare, à cet âge, que ma famille et moi nous nous sommes souvent demandé s'il n'y avait pas là quelque mystère.

— Peut-être. Veuillez me dépeindre, maintenant, au point de vue physique, la dame dont nous parlons.

— Elle était plutôt laide que jolie : un nez long, un front étroit, un teint jaune, autant qu'on pouvait en juger, car elle portait toujours un voile.

— Depuis combien de temps cette personne a-t-elle quitté votre hôtel?

— Quinze jours environ.

— Elle est allée, sans doute, habiter une autre partie de l'île, Ryde ou Newport?

— Oh! non, elle est partie pour la France.

— Vous en êtes certain ?

— Si j'en suis certain ! Nous avons bu, en famille, une bouteille de champagne pour nous féliciter d'être débarrassés d'elle.

— Savez-vous quel bateau elle a pris ?

— Celui qui fait, par exception, cette année, le service de Londres au Havre, descend la Tamise, et se détourne de sa route pour toucher à l'île de Wight.

— Ah ! Serait-elle arrivée aussi de France par ce bateau ?

— Oui, Madame, j'étais sur la jetée, à l'heure de son débarquement, et j'ai eu la malencontreuse idée de lui proposer de se rendre à mon hôtel.

— Pourriez-vous me dire la date précise de son entrée chez vous ?

— Rien de plus facile ; je ne connais pas son nom, mais je me souviens du numéro de sa chambre... la meilleure de la maison, oui, la meilleure, quoi qu'elle en ait dit.

Le maître de l'hôtel me quitta, et, remontant

13.

bientôt après, m'apprit que sa voyageuse était
arrivée à Cowes le mardi 14 juin, dans l'après-
midi.

Vous avouerez, Messieurs, continua Madame
Vitel, que ce détail avait une grande importance, puisqu'il se trouvait d'accord avec vos
renseignements et mes suppositions. Carmen,
d'après l'un de vos deux itinéraires, celui que
j'ai toujours préféré à l'autre, n'avait-elle pas
quitté Paris le dimanche soir 12 juin, pour
passer la nuit à Vernon et se diriger, le lendemain, sur Caen? Le lundi 13, n'avait-elle pas
pris le bateau de Caen au Havre, ne s'était-
elle pas transportée sur le steamer anglais pour
se diriger, le 14, du côté de l'Angleterre? Seulement, au lieu d'aller jusqu'à Londres, comme
nous l'avions cru, elle s'était arrêtée à l'île de
Wight. Vous le voyez, tout la désignait : son
caractère jaloux, envieux, mécontent, querel-
leur, ses habitudes d'économie, l'inégalité de
son humeur avec l'enfant, et jusqu'au nom
donné à cette enfant pour se faire illusion et

arriver à se persuader que votre Louise était sa
fille Jeanne. Je ne vous parle pas de son portrait; il a, cependant, son importance, car
c'est le maître d'hôtel qui l'a fait, sans que
j'aie commis l'imprudence de lui dire : Avez-
vous rencontré une personne construite de telle
ou telle façon? Mais, si tous ces rapproche-
ments ne m'avaient pas suffi, j'allais avoir une
preuve palpable, matérielle, du passage de
Carmen à Cowes. Le maître d'hôtel, après
m'avoir donné la date demandée, ajouta ces
mots : « La personne dont nous parlons
écrivait beaucoup, et lorsqu'elle est partie,
elle a oublié dans le tiroir d'un secrétaire ce
feuillet de papier. Peut-être aidera-t-il madame
à la reconnaître. »

Lucrélia Vitel étendit la main, prit sur la
cheminée un petit portefeuille, qu'elle y avait
déposé, lorsqu'elle était entrée dans le salon,
en tira un papier froissé, à moitié déchiré,
et le remettant à Messieurs de Prades et de
Sairc :

— Voyez, fit-elle.

— Je me récuse, dit Georges, cette triste créature ne m'a jamais fait l'honneur de m'écrire.

— Moi, continua Didier, j'ai reçu quelques lettres dont l'écriture ressemble à celle-ci; je ne saurais l'affirmer cependant.

— Et moi, dit Madame Vitel, j'affirme, car je puis comparer. Tenez, voici le dernier mot qu'elle m'a fait tenir.

— Il n'existe aucune différence, firent à la fois M. de Saire et M. de Prades, après avoir jeté un coup d'œil sur les papiers qu'on leur tendait.

— Aux pensées émises sur cette page, reprit Lucrétia, ne reconnaîtrez-vous pas aussi Carmen, vous qui connaissez ses mémoires? Voyez... Elle s'extasie sur la verdure et les ombrages de l'île de Wight. On se croirait, dit-elle, et ce détail est significatif, dans certaines parties du Calvados. Du reste, s'écria tout à coup Madame Vitel, en se levant, avez-vous

donc besoin de ce feuillet, trouvé dans la chambre de Carmen, pour être convaincus que, cette
fois, il s'agit d'elle?

— Nullement, Madame, répondit M. de
Saire. C'est vous qui avez voulu nous donner cette nouvelle preuve... matérielle, disiez-
vous avec raison. Les preuves morales que
vous aviez recueillies nous suffisaient.

— Alors vous comprenez, demanda-t-elle,
que je me sois empressée de quitter l'île de
Wight, et de partir pour la France?

— Nous n'aurions pas agi autrement, répliqua Didier.

— Et vous auriez eu raison, reprit Madame
Vitel. Prêtez-moi toute votre attention

XXVI

Je me dirigeais sur le Havre, continua
Madame Vitel, il y a quinze jours environ.
Vous êtes trop préoccupés, pour que je

puisse m'étendre sur les péripéties de ce dernier voyage en mer. Le temps fut affreux et notre yacht se conduisit très-indélicatement à notre égard. Nous comprîmes alors, mais un peu tard, pourquoi son propriétaire s'était empressé de s'en défaire. Le grand amiral Vitel demeura, pendant cinq heures de traversée, étendu sur le canapé de sa cabine. Il ne songeait plus, je vous assure, à sa casquette galonnée, et notre entrée au Havre fut des plus modestes : le canon de mon mari resta silencieux.

Mon premier soin, en touchant terre, fut de me faire indiquer le quai réservé aux navires anglais. Je voulais monter sur le bateau de Londres, voir le steward que vous aviez autrefois interrogé, et obtenir des détails sur le retour de Mademoiselle Lelièvre, comme il vous en avait donné sur son départ.

Ce bâtiment était en mer et n'arriva que le lendemain. Aussitôt, ledit steward, prévenu que je voulais lui parler, s'empressa de se rendre à mon hôtel. Je compris, après un court entretien avec lui, pour quel motif il n'avait pas cru devoir vous parler du débarquement de Carmen à l'île de Wight. Il désirait, en répondant à quelques-unes de vos questions, gagner l'argent que vous vous apprêtiez à lui remettre ; mais, par suite d'une délicatesse digne d'éloges, il se montrait aussi discret que possible, pour ne pas désobliger Mademoiselle Lelièvre, qui, de son côté, l'avait généreusement payé pour se taire.

Il fallait éblouir, par mes largesses, un homme aussi scrupuleux, et je l'éblouis. Il m'honora d'autant plus facilement de sa confiance, que Carmen, qui venait de passer six semaines en Angleterre sans avoir été inquiétée un seul instant, se croyait assurée de l'impunité, devenait imprudente, et avait négligé, au retour, de donner une deuxième gratification. Elle espérait n'être pas reconnue par cet homme et trouvait plus adroit et plus économique de passer inaperçue, au milieu des nombreux passagers.

Nous ne pouvons la blâmer de cette idée : si
elle était entrée en relations avec le steward,
et l'avait de nouveau couvert d'or, cet homme
n'aurait pas manqué, Messieurs, de lui parler
de l'interrogatoire que vous lui aviez fait subir;
elle aurait appris que vous étiez sur ses
traces et peut-être aurait-elle fui, pour un
pays lointain.

J'ai la preuve, au contraire, qu'elle ne s'est
pas, d'abord, beaucoup éloignée du Havre. Le
steward l'a rencontrée, deux fois, dans la rue de
Paris, et l'a surprise au moment où elle mon-
tait en bateau. Ne vous effrayez pas; il
s'agissait du bateau d'Honfleur. Et savez-
vous ce qu'elle allait faire dans ce pays? Elle
se rendait, par un chemin détourné, à Villerville et à Hennequeville, pour revoir les lieux,
témoins de ses excursions avec M. Didier de
Prades. Je n'apporte ici, Messieurs, aucune
preuve à l'appui de cette opinion ; ma connaissance du cœur humain, mon tact féminin,
me guident seuls et ne pourraient m'égarer.

Quels que fussent les sentiments de Carmen,
elle n'en a pas moins séjourné deux jours
à Villerville, sans s'approcher de Trouville,
où elle aurait pu être reconnue. Ne perdez pas de vue, pourtant, je ne saurais trop le
répéter, que, suivant Mademoiselle Lelièvre,
il n'y avait pas une grande importance, pour
elle, à se laisser dévisager par quelque habitant
du pays, puisqu'elle devait être persuadée
qu'on ne pouvait la soupçonner d'avoir enlevé
l'enfant. Si quelqu'un la reconnaissait, derrière
son voile épais, le bruit se répandait, en ville,
dans un cercle très-restreint, que la fille de
l'ancien gérant des Roches-Noires se trouvait
dans les environs, et tout était dit. J'irai
même plus loin : dans le cas où le signalement de la femme recherchée par la Préfecture eût été envoyé dans toute la France,
et qu'un agent quelconque de l'autorité trouvât
que Carmen répondait à ce signalement, elle
était bien plus en sûreté à Trouville que partout ailleurs : elle se démasquait aussitôt,

reprenait son nom, se faisait reconnaître pour une personne honorable, et les soupçons dont elle était l'objet s'évanouissaient.

Mais, me direz-vous, cet enfant qu'elle n'avait pas autrefois, et qu'on découvrait à ses côtés? N'a-t-elle pas une fille de Richard? Cette enfant doit avoir été déclarée, et la déclaration se trouve entre ses mains, je le parierais. Ce qui me confirme dans cette idée, c'est qu'elle a eu soin, vous vous rappelez les paroles du maître d'hôtel de Cowes, de débaptiser votre Louise et de l'appeler Jeanne, nom évidemment inscrit sur les registres de l'état civil.

Du reste, après avoir satisfait aux exigences de son cœur, Carmen s'empresse de quitter Villerville. Je la suis; elle regagne Honfleur dans une voiture particulière, prend le chemin de fer et arrive à Lisieux. Là, je suis fort embarrassée, comme on l'est à tous les embranchements d'une grande ligne; je m'informe, j'hésite et je pars pour le Mans. J'avais eu raison : il m'est bientôt clairement prouvé que Mademoiselle Lelièvre s'est arrêtée à l'hôtel de France.

Hélas! cette fois, toutes mes recherches sont infructueuses. C'est encore par prudence que Carmen a choisi, comme étape, cette nouvelle ville, aux nombreux embranchements. S'il arrive à quelqu'un de la suivre, on perdra nécessairement ses traces. En effet, elle peut, au Mans, revenir sur ses pas, dans la direction d'Alençon et de Caen, ou continuer sa route jusqu'à Cherbourg, prendre un train direct pour Paris, ou bien s'arrêter à quelque station; gagner la Bretagne par Rennes, la rejoindre par Angers et Nantes; enfin, se diriger sur Tours, et de là, sur le Midi, par la ligne d'Orléans.

Je ne me tiens pas pour battue, cependant; je fais une visite au préfet de la Sarthe que je me souviens d'avoir reçu chez moi; il me prête son concours et met à ma disposition l'agent le plus retors de son département. Je promets à cet homme dix mille francs s'il retrouve seulement les traces de Mademoiselle Lelièvre ; il ne peut y parvenir.

Il ne connaissait pas Carmen de vue, me ferez-vous observer, et vous avez raison, car je vous ai déclaré que je ne me fiais pas aux portraits écrits ou parlés. Mais, vous comptez sans M. Vitel. S'il passe une partie de sa vie à la cantonade, dans les grandes circonstances je lui confie un rôle. Il a été peintre, avant de m'épouser, puisque c'est en reproduisant mes traits qu'il a daigné tomber amoureux de moi. Je le mets en demeure de reprendre ses pinceaux, et il fait, de mémoire, un portrait de Carmen, si ressemblant qu'on le prendrait pour une photographie. Vous ne m'accusez pas, je l'espère, de flatter mon mari, et vous me croirez sur parole. Notre agent, pour qui M. Vitel a travaillé, ne tire aucun avantage de cette œuvre, mais nous serions mal avisés de dire qu'il ne connaissait pas Mademoiselle Lelièvre ; il la connaissait aussi bien que nous, grâce au portrait.

Vous me demanderez encore pourquoi je ne vous ai pas tout simplement appelés à mon aide, afin de vous mettre aussi en campagne et de vous lancer dans une des directions que pouvait avoir prises Carmen. J'ai eu plusieurs motifs, Messieurs, de vous tenir éloignés. L'un de ces motifs m'est personnel; voici l'autre.

Je voulais avoir la satisfaction de retrouver, moi-même, Mademoiselle Lelièvre et de vous rendre l'enfant. C'eût été, pour moi, une grande joie. Le jour où j'ai reconnu que cette satisfaction m'était refusée, je vous ai mandés afin d'agir de concert avec vous. Je désire aussi vous communiquer une idée qui doit nous livrer bientôt Carmen. Il ne s'agit plus de courir inutilement après elle; il s'agit de l'attendre. Je vais m'expliquer.

XXVII

Lucretia Vitel s'était levée. A son maintien, à l'expression de son regard, on devinait qu'elle allait traiter une question importante et aborder le fond même du sujet.

— Vous êtes-vous jamais demandé, mon cher Monsieur de Prades, dit-elle, à laquelle de vos qualités vous aviez dû le triste avantage de faire, autrefois, la conquête de Carmen? Non, n'est-ce pas? C'était bien assez de vous savoir aimé, sans vous tourmenter l'esprit pour chercher la cause de cette passion malencontreuse. Je vais vous la dire.

L'amour est entré au cœur de Mademoiselle Lelièvre, non point par les yeux, comme il arrive le plus souvent, mais par les oreilles: elle a été subjuguée, conquise le jour où, pour la première fois, elle vous a entendu chanter. Elle s'est fait, depuis, illusion, en croyant que vous lui plaisiez comme homme; vous ne lui avez jamais

plu que comme ténor. Vos qualités corporelles
ne gâtent rien, sans doute; mais c'était l'acces-
soire, votre voix était le principal. Si, plus tard,
repoussée, dédaignée et malheureuse par vous,
elle a préparé votre chute, elle n'obéissait pas
seulement au désir de se venger de vous, elle
voulait, à son insu, vous mettre hors d'état de
lui plaire et se guérir de sa passion. « Il quit-
tera le théâtre, se disait-elle, je n'irai plus,
chaque soir, malgré moi, me repaître de sa vue
et surtout de sa voix; je l'oublierai et je souf-
frirai moins. »

Vous avez longtemps résisté aux efforts tentés pour vous abattre, vous avez lutté contre
le public et elle ne s'est privée d'aucune des
représentations où se sont livrés ces combats
désespérés. Elle savait que bientôt vous seriez
obligé de renoncer à votre carrière, et elle voulait profiter de son reste, vous voir et vous
entendre jusqu'au dernier moment, recueillir
votre dernier râle.

Elle doit parler, dans quelque coin de ses

mémoires, de l'étrange émotion qu'elle ressentait quand elle vous entendait chanter. Mais sa plume était impuissante à rendre ses impressions. En tête-à-tête avec moi, elle s'expliquait mieux, elle dépeignait, avec une véritable éloquence, les jouissances excessives que lui causait votre voix.

Ces jouissances exceptionnelles dont Carmen s'est elle-même sevrée, et que, plus tard, je lui ai, bien des fois, entendu regretter, elle est prête à tout faire pour les éprouver de nouveau. Elle n'a jamais vécu que par vous, et elle meurt du désir de revivre.

Vous m'écoutez attentivement, dit tout à coup Madame Vitel, en se rapprochant davantage de Georges et de Didier, mais me comprenez-vous ?

— Non, j'avoue... répondit M. de Prades.

— Et vous ? demanda-t-elle à Georges.

— Pourquoi comprendre à l'avance, répondit-il, n'allez-vous pas vous expliquer ?

— J'aurais préféré, répliqua-t-elle, n'avoir

pas à m'expliquer, mais puisque vous craignez
de vous fatiguer l'esprit, je continue. Faites-
moi seulement la grâce de ne pas trop vous
récrier, si l'idée que je vais émettre vous
paraît d'abord étrange. Comme vous finirez
par l'adopter, il est inutile de protester.

Je pars, continua Madame Vitel, de ce principe que Carmen, soit qu'elle habite Paris ou
ses environs, soit qu'elle vive dans un coin de
la France, plus ou moins éloigné, n'hésiterait
pas à tout quitter pour venir voir et entendre
son ténor favori, Didier de Prades, s'il lui était
prouvé qu'il va reparaître sur la scène.

— Quoi! vous voulez!... s'écria Didier.

— Bon, vous protestez déjà, malgré mes
recommandations... Puisqu'il en est ainsi, eh
bien! oui, je veux, qu'avant quinze jours, tous
les journaux de Paris, de province et de l'é-
tranger, apprennent à l'univers qu'un grand
artiste, qui s'était retiré de la scène, dans un
moment de découragement, vient de traiter
avec un directeur de théâtre pour de nouvelles

14

représentations. Je me charge de ces annonces, et elles seront tellement répandues qu'elles frapperont les regards de Carmen.

— A quoi serviront-elles ? demanda M. de Prades. Mademoiselle Lelièvre ne se dérangera pas sur la foi d'une annonce ; il lui faudrait un article constatant ma rentrée au théâtre.

— Qu'à cela ne tienne, les articles ne vous feront pas faute.

— Oh ! on n'achète pas des articles comme on achète des réclames.

— Qui vous parle d'acheter ? Les critiques n'ont-ils pas l'habitude de rendre compte de toutes les représentations théâtrales ?

— C'est donc sérieux ? s'écria Didier.

— Très-sérieux.

— Je reparaîtrais sur la scène, je jouerais la comédie, je chanterais, lorsque je viens de perdre ma fille !

— Puisque vous n'avez pas d'autre moyen de la retrouver, répliqua Madame Vitel.

Tous les trois gardèrent un instant le silence. M. de Prades était très-pâle. Georges marchait dans le salon et semblait réfléchir. Tout à coup il se dirigea vers Madame Vitel, et lui dit :

— Alors vous croyez que Carmen accourrait vers nous ?

— Du fin fond de la terre, oui, fit-elle.

— Elle viendrait se faire prendre au piége que nous lui aurions tendu ?

— Sans hésiter. Elle laissera, dans sa retraite, la petite Louise, après l'avoir confiée à quelque serviteur, elle louera sa place pour une des représentations de M. de Prades et se cachera, dans un coin de la salle, afin d'y goûter de nouvelles voluptés.

— Et après ?

— Après, quelqu'un qui la connaîtra et l'aura découverte au fond de sa baignoire, votre Monsieur Richard, par exemple, la suivra, le plus mystérieusement possible. Je vous conseille seulement de ne pas réclamer, en cette circonstance, le concours de la police; elle ferait du zèle, c'est-à-dire des imprudences.

— A la façon dont vous parlez, Madame, fit observer Georges, on croirait que vous ne doutez ni du consentement de Didier, ni du succès de l'entreprise.

— Non, et vous?

— Moi, je crois au succès, mais...

— Vous doutez de mon courage, n'est-ce pas, fit Didier, qui avait entendu la fin de cette conversation et qui venait de s'avancer, vous avez tort, mon ami, je reparaîtrai sur la scène et je chanterai... puisqu'il le faut... Ah! si j'ai des larmes dans la voix, si mes sanglots m'étouffent, alors...

Il ne put continuer. A la seule pensée de l'effort qu'il aurait à faire, de la souffrance qu'il éprouverait, une vive émotion s'était emparée de lui et le contraignait au silence.

Au bout d'un instant il redevint plus calme et, s'adressant à Georges et à Madame Vitel:

— Vous avez ma promesse, dit-il, mais elle

ne suffit pas. Après ce qui s'est autrefois passé,
les directeurs de théâtre consentiront-ils à
m'engager ?

— Certainement, fit Lucrétia. Ils n'ont
jamais douté de votre talent; ils ont redouté
vos ennemis. Il sera facile de leur persuader
que vous en êtes débarrassé, qu'il n'y a plus
de cabale à craindre, et ils tenteront une
épreuve qui leur assure, au moins, quelques
belles recettes. Si, par impossible, ils hésitaient,
vous loueriez une salle, celle des Italiens, par
exemple, libre jusqu'à l'hiver... Est-ce dit,
faut-il tout préparer ? L'opinion d'abord, la
représentation ensuite ?

— Oui, préparez, fit Georges, sans attendre
la réponse de M. de Prades, je m'entendrai avec
vous à ce sujet.

— Ne craignez-vous, pas. reprit Didier, que
ces représentations n'excitent les soupçons de
Carmen ? Ne découvrira-t-elle pas le piége ?
Ne s'étonnera-t-elle pas que je choisisse, pour
monter sur les planches d'un théâtre, le mo-

14

ment où elle vient de m'enlever une enfant
adorée ?

— Non, fit Madame Vitel ; elle comprendra
parfaitement, au contraire, que vous cherchiez
des consolations dans l'étude et dans la lutte,
que vous ayez besoin de vous retrouver au
milieu de la foule, et de vous procurer, tous
les soirs, quelques heures d'oubli. ″

Ils causèrent quelque temps encore, et arrêtèrent divers détails. Ils voulaient agir sans
retard.

XXVII

Georges et Didier, après avoir pris l'avis de
Madame de Saire, ne crurent pas devoir faire
part à Marcelle de leur nouveau projet. Ils
craignaient ses objections et ses scrupules; ils
voulaient, surtout, lui épargner les angoisses
d'une longue attente. Ils se bornèrent à lui dire
qu'on avait obtenu la preuve évidente du séjour

de Mademoiselle Lelièvre en Angleterre et de son retour définitif en France. On ne connaissait pas encore le lieu de sa retraite, mais on pouvait désigner la région où elle s'était réfugiée. On avait, en tout cas, des nouvelles de la petite Louise ; sa santé n'était pas altérée, et si elle était privée des soins maternels, du moins elle ne subissait, comme on l'avait prévu, aucun mauvais traitement.

On dit encore à Madame de Baud que les recherches les plus actives étaient faites dans les lieux où l'on soupçonnait Mademoiselle Lelièvre de s'être retirée ; Georges et Didier lui fut-il assuré, parcouraient Paris et ses environs dans tous les sens, et Richard, revenu d'Amérique, huit jours après l'arrivée de sa dernière lettre, avait reçu la mission de partir pour le Mans et de visiter la Sarthe et les départements voisins.

Décidés à suivre le conseil de Madame Vitel et à ne pas réclamer, de nouveau, le concours du préfet de police, M. de Saire fut d'avis, cependant, qu'on devait lui parler du voyage fait au Brésil, des renseignements obtenus, dans l'île de Wight, et du plan qu'on allait suivre.

Le préfet reconnut, avec la meilleure grâce du monde, qu'il s'était trompé au sujet de l'Amérique. Il revendiquait seulement, pour sauver son amour-propre, disait-il en souriant, le conseil qu'il avait donné de se rendre chez Madame Vitel et de l'intéresser à l'affaire. Dès le premier jour, elle y avait vu clair, parce qu'au lieu de s'attacher, seulement, aux détails matériels, elle avait tenu compte du caractère de Carmen, de ses habitudes, de ses goûts et de ses passions.

— Tout ce qui vient d'arriver, dit-il à M. de Saire, avec lequel il causait amicalement, dans le fumoir de son appartement particulier, me confirme dans l'idée que je vous ai précédemment émise : les gens du monde, et surtout un grand nombre de Parisiennes, feraient d'excellents agents de police. Leurs scrupules

m'empêchent, hélas! de les embrigader, comme
je le voudrais, et mes fonds secrets n'atteignent
pas un chiffre assez élevé pour les payer ce
qu'ils valent.

— Etes-vous bien sûr, fit en riant M. de
Saire, de n'avoir jamais, en matière politi-
que, réclamé le concours de quelques-uns
d'entre eux ?

— Je refuse de répondre, dit le préfet en
riant aussi. La police est puissante, parce qu'elle
est mystérieuse. Si je trahis ses secrets, elle
n'existe plus, et alors, au lieu d'exercer des
fonctions, j'occuperais une sinécure, ce qui ne
conviendrait pas à mon activité. Pour revenir,
mon cher ami, à la question de l'enlèvement,
je trouve le plan que vous comptez suivre
excellent. Une femme, et une femme comme
Madame Vitel, pouvait seule en avoir l'idée.
Un romancier ou un auteur dramatique l'aurait
peut-être aussi conçu, car il ne faut pas se le
dissimuler, il est un tant soit peu mélodrama-
tique. Mais la situation est parfaitement amenée

et des plus logiques : elle repose sur le déve-
loppement du caractère de l'héroïne.

Je crois que Mademoiselle Lelièvre sera
punie par où elle a péché : son trop grand
amour pour la voix de M. de Prades, et
qu'elle sera prise au piége que vous lui
tendez. Cependant, j'espère encore, dans
l'intérêt de votre ami, qu'il ne sera pas obligé
de paraître sur la scène, et de se donner en
spectacle, dans un moment où il vient d'être
si cruellement atteint. La justice, à qui j'ai
transmis les rapports les plus détaillés et les
mémoires que vous m'avez rendus, s'occupe
activement de Mademoiselle Lelièvre. Ces
enlèvements causent un grand émoi au
Palais, depuis que l'enfant d'un magistrat
aimé et estimé, M. H., a été volé aux Tuileries, il y a quelques années, dans les
mêmes circonstances que la petite Louise.
M. H., s'est ému de ce nouveau crime,
semblable à celui dont il a tant souffert,
et il doit avoir eu plusieurs entretiens offi-

cieux avec le juge d'instruction, chargé de l'affaire. Ces Messieurs, je dois l'avouer, différaient d'avis avec moi ; ils ne croyaient pas au départ de Carmen pour le Brésil, ils la soupçonnaient d'être en France, et ont donné des ordres, dans ce sens, à tous les parquets de province. D'un moment à l'autre, Mademoiselle Lelièvre peut être arrêtée, et l'enfant vous être rendue. Je le souhaite de tout mon cœur.

M. de Saire rapporta ces dernières paroles à Madame Vitel.

— Le préfet de police se fait des illusions, répondit Lucrétia ; il ne connaît pas Carmen. Elle est trop fine pour ne pas savoir se jouer des agents de province, trop bien cachée pour qu'ils la trouvent ; ils perdront leur temps s'ils essayent de découvrir sa retraite. Ce qu'il faut c'est l'en faire sortir, et j'en ai trouvé le moyen.

Aussi ne négligeait-on rien pour préparer la rentrée de M. de Prades au théâtre. Madame Vitel avait recommandé son protégé

à tous les artistes de son entourage. Elle s'était
bien gardé de leur faire la moindre confidence,
sur les motifs que pouvait avoir Didier de reparaître en public et sur le genre d'intérêt
qu'elle lui portait ; elle s'était bornée à leur
rappeler la bonne grâce qu'il mettait, autrefois,
dans le salon des Roches-Noires, à charmer
leurs soirées. Elle leur inspirait, ou les priait
d'inspirer à leurs amis de la presse, des articles
où l'on [devait regretter l'injustice dont
M. de Prades avait souffert, la résolution
qu'il avait prise de se retirer du théâtre, et
conseiller aux directeurs des démarches
pour le décider à donner de nouvelles représentations.

M. de Saire, de son côté, remuait la
Bourse, faisait en quelque sorte revivre Didier,
parlait de son talent exceptionnel, accusait les
journalistes, le public, le ministère des Beaux-
Arts, etc., qui, en pleine disette de chanteurs,
laissaient chômer le plus jeune, le plus charmant, le mieux doué des ténors. Et comme

M. de Saire était très-aimé, très-écouté dans son temple; comme les gens de bourse, sont, de nos jours, répandus dans toutes les classes de la société et qu'ils composent, en grande partie, ce qu'on appelle le tout Paris, il n'était bruit partout que de Didier.

Bientôt les directeurs eurent la main forcée, et furent entraînés dans le mouvement qui se produisait en faveur de M. de Prades. Le directeur du Théâtre-Lyrique vint lui faire des propositions, et il les accepta, tout en refusant de s'engager pour un nombre déterminé de représentations. Il se réservait le droit de se retirer, lorsque bon lui semblerait, c'est-à-dire, dans sa pensée, le jour où Carmen serait tombée dans le piége qu'on lui tendait.

Ces projets, ces préparatifs furent longtemps ignorés de Madame de Baud, mais un journal qui parlait de la rentrée de Didier sur la scène, lui tomba sous les yeux. Elle relut deux fois l'article : on se trompait évidemment de nom, ce n'était pas de Didier qu'il s'agissait. Com-

15

ment supposer qu'il songeât, en ce moment, à paraître en public, à chanter, à jouer la comédie?

« Ah! se disait-elle, je ne puis croire... Il n'aurait pas le courage... Cependant, c'est bien de lui qu'on parle... et l'époque des représentations est fixée, on donne la date de la première, on désigne la pièce qui lui servira de début... Et il ne m'a rien dit!... C'est qu'il savait que jamais... Si notre fille était morte, j'admettrais encore... Il ne pourrait porter éternellement son deuil ; les pères, je le vois bien, ne savent pas aimer comme nous... Mais nous n'avons pas le droit de songer à nos intérêts, de vivre de la vie de tout le monde, lorsque...

Tout à coup elle s'arrêta, réfléchit un instant et s'écria : « Non, non, il n'a pas fait cela, c'est impossible! Il y a là quelque chose que je ne m'explique pas.

Didier entrait dans sa chambre, elle courut à lui et, sans parler, lui présenta l'article.

Il y jeta un coup d'œil, comprit ce qui se passait en elle et lui dit tout.

— Ah! fit-elle en se jetant dans ses bras, pardon, pardon d'avoir pu te soupçonner... mais comme tu as souffert... comme tu vas souffrir, mon pauvre ami... Ne me cache plus rien ; je veux partager toutes tes angoisses.

Bientôt des affiches annoncèrent *Roméo et Juliette* au Théâtre-Lyrique, pour les débuts, à ce théâtre, de Didier, dans le rôle de Roméo. La première représentation était fixée au 5 novembre.

XXIX

Les Américains, qui comprennent l'annonce d'une façon si... bruyante furent, à l'occasion de la rentrée de Didier au théâtre, entièrement distancés, par un Français, un homme du monde, M. de Saire. Il inventa de formidables affiches destinées à frapper le regard, non-

seulement des Parisiens, mais des provinciaux
les plus éloignés de Paris. La quatrième page
des petits et des grands journaux contint des
réclames d'une grandeur démesurée. Il ne se
passait pas de jour sans qu'une note, rédigée
par Georges, ne se glissât au milieu des faits
divers. Si les débuts de Didier avaient été re-
culés, Monsieur de Saire se serait certainement
ruiné.

Le directeur du Théâtre-Lyrique, avec lequel
il eut souvent à s'entendre, tandis que M. de
Prades, tout entier à ses études, ne s'occupait
pas de ces détails, ne put lui cacher qu'il faisait trop de bruit autour de son ami.

— Le public, disait-il, aurait su plus de gré
à Didier d'une rentrée silencieuse et modeste.
On se serait montré moins exigeant à son égard.
Vous le mettez dans la nécessité d'être excellent ; s'il n'est que bon, on le trouvera mauvais.

— Vous avez absolument raison, Monsieur,
répondait Georges ; je ne puis me dissimuler

le tort que je fais à M. de Prades, mais j'ai
de graves motifs pour agir ainsi; vous les saurez plus tard. En ce moment, je vous demande
le service de me garder le secret, même sur
ce que je viens de vous dire, et de prendre,
aux yeux de tous, la responsabilité de mes
folles annonces.

Du reste, il faut en convenir, si le public
proteste justement contre les réclames trop ac-
centuées, il s'y laisse souvent prendre, court
vers le théâtre signalé à son attention et veut
absolument voir l'artiste qui lui est, en quelque
sorte, imposé. Certains bruits devaient aussi
contribuer à l'empressement de la foule.
Dans les journaux qui s'étaient autrefois
occupés de l'enlèvement de Louise, le
nom de M. de Prades n'avait jamais été
imprimé, mais, depuis qu'il était tant question de lui, on laissait entendre vaguement
que l'enfant volée lui tenait au cœur et qu'il re-
paraissait sur la scène pour faire diversion à
une profonde douleur. Ces indiscrétions, ces

rumeurs excitaient la curiosité parisienne et donnaient à ces débuts encore plus de relief. En même temps, une certaine partie du public, toujours avide d'émotions, se souvenant des désordres qui s'étaient produits autrefois, sur la scène de l'Opéra-Comique, se disait qu'ils pourraient bien se renouveler au Théâtre-Lyrique, et voulait assister à la bataille.

Pour ces différents motifs la salle fut entièrement louée, plusieurs jours avant les représentations annoncées. Dans la crainte que Mademoiselle Lelièvre se décidant, au dernier moment, à se rendre au théâtre n'y trouvât point de place, M. de Saire avait eu soin de se faire réserver trois baignoires que l'administration ne pourrait louer à l'avance et dont elle disposerait seulement à la dernière heure.

nfin arriva le jour impatiemment attendu par tant de monde et pour des raisons si diverses. Le 5 novembre, vers six heures du soir, Didier quitta son appartement de garçon, et, avant de se rendre au théâtre, vint rue d'Ams-

terdam serrer la main de Marcelle, comme elle
l'en avait prié.

— Dire, s'écria-t-elle, que dans d'autres
circonstances, j'aurais été si heureuse d'assister à cette représentation ! Mais je n'ai pas le
courage de m'y rendre... Me pardonnes-tu de
demeurer ici, loin de toi, dans un pareil moment,
lorsque ton avenir va se décider... de n'être
pas là-bas pour m'enivrer des applaudissements que tu vas recueillir?

— Que parles-tu de mon avenir? répliqua
Didier. Est-il donc en jeu aujourd'hui, et crois-
tu que je m'occupe de ma carrière?..... Que
parles-tu d'applaudissements?..... Puissé-je
n'en obtenir aucun!... Non, non, j'accomplis
un devoir, rien de plus ; même ce soir, je ne
serai pas artiste, je serai père.

— Ah! tu vaux mieux que moi, reprit-elle,
tu ne penses qu'à Louise, et moi je ne puis
me défendre de penser à toi... Je te souhaite,
de toute mon âme, un succès... j'oublie, par
instants, que je suis mère pour redevenir

amante et femme.

Il plia le genou, elle se baissa et, déposant un long baiser sur son front :

— Va, cours au sacrifice, lui dit-elle. Ma pensée te suivra, mon cœur ne cessera de battre auprès du tien.

Au moment où il sortait, la petite Jeanne, que Marcelle avait voulu garder auprès d'elle, malgré le retour de Richard, et qui venait d'assister à cette scène, s'approcha de Didier.

— Tu pars en voyage, lui dit-elle, comme mon papa est parti autrefois ?

— Non, fit-il, je sors seulement.

— Alors, pourquoi maman pleure-t-elle ?

— Nous pensions, répondit Madame de Baud, à une autre petite fille, celle que j'ai perdue, tu sais ?

— Elle va revenir, dit Jeanne.

— Qu'est-ce qui te fait croire cela ? demanda vivement Marcelle.

— Je sais pas, mais je prie, tous les soirs,

pour que ta fille revienne, et t'as dit que Dieu bénissait toujours les prières des petits enfants.

Didier enleva Jeanne dans ses bras, la pressa sur son cœur et sortit.

Georges le rejoignit sur la scène du Théâtre-Lyrique. Il venait lui donner des détails sur les dernières dispositions prises dans la journée : Madame Vitel occuperait la baignoire qui fait suite à l'avant-scène de gauche, afin de pouvoir surveiller cette partie de la salle où l'on supposait que Carmen se réfugierait. M. Vitel et deux ou trois intimes serviraient, au besoin, d'aides de camp à Lucrétia. Richard devait s'asseoir à l'orchestre, et, dans les entr'actes, inspecter les moindres recoins. Quant à M. de Saire, il s'était réservé une première loge, où l'on viendrait le chercher, dans le cas où Carmen serait aperçue par M. et Madame Vitel ou par Richard, qui seuls la connaissaient de vue. Enfin, le cocher de Georges se tiendrait à l'angle du boulevard

15.

de Sébastopol et de la place du Châtelet,
pour être prêt à suivre la voiture qu'on lui
désignerait.

— Maintenant, fit M. de Saire, en prenant
congé de Didier, vous n'entendrez plus parler
de moi. Si le bonheur voulait que Carmen fût
dans la salle, vous ne le sauriez qu'à la fin de
la représentation. Rien ne doit plus vous troubler ; vous appartenez maintenant au directeur
de ce théâtre, aux artistes qui vous prêtent
leur concours, au public qui s'est dérangé pour
vous entendre. Dans l'intérêt même de votre
enfant, vous devez essayer de l'oublier, en ce
moment, et ne songer qu'à votre art. Il ne s'a-
git pas seulement de retrouver Louise, il s'agit
aussi de la faire vivre, et vivre le mieux possible, lorsqu'elle vous sera rendue. Ne perdez
pas de vue ces recommandations, mon cher
ami, vous n'êtes plus monsieur de Prades,
vous êtes Roméo et je vais applaudir Didier-
Roméo dans la salle.

Les deux amis s'embrassèrent. On frappa

les trois coups et l'orchestre entama l'ouverture.

XXX.

La salle du Théâtre-Lyrique était curieuse à
observer. Un poëte l'eût comparé à une mer
houleuse et tourmentée, traversée par deux
courants, l'un montant au nord, l'autre descen-
dant au midi. Le courant nord était formé des
indifférents, des jaloux et des envieux; **on**
remarquait, parmi eux, des ténors de province
sans engagement, quelques petits journalistes,
malveillants par impuissance, et beaucoup de
gandins, incapables de comprendre les beautés
de *Roméo,* et fourvoyés à cette première représentation, nous l'avons dit, dans l'espoir d'un
scandale. Le courant sud se composait des amis
de M. et Madame de Saire, des intimes de Madame Vitel, d'artistes toujours prêts à saluer
le talent, même au détriment de leurs inté-

rêts, et de toutes les personnes au courant de la situation de Didier, et que son malheur disposait à la sympathie.

Pendant le premier acte, l'hostilité du premier courant l'emporta sur la bienveillance du second. Didier méritait peut-être qu'il en fût ainsi. Il chanta sans conviction le fameux madrigal :

> Ange adorable,
> Ma main coupable
> Profane en l'osant toucher...

Il n'était évidemment pas sur la scène; il était dans la salle. Durant l'entr'acte ses ennemis conquirent des partisans : « On a eu tort de siffler autrefois, disait-on, il a des qualités, une bonne méthode. Mais quelle froideur ! Oser jouer Roméo lorsqu'on n'a pas plus d'énergie, lorsque l'âme est absente !

Les amis courbaient la tête et ne répondaient rien ; les moins timides osaient murmurer : Attendez.

Au second acte, Didier mérita quelques bravos dans la cavatine :

L'amour, oui, son amour a troublé tout mon être.

Mais son succès fut de courte durée. Il redevint aussi froid qu'il l'avait été précédemment... Tout le succès fut pour Juliette, une toute petite étoile, à qui Madame Carvalho avait, pour la circonstance, cédé son rôle.

Bientôt, cependant, quelques spectateurs, plus occupés de Didier que de l'opéra qui se déroulait devant eux, crurent voir le regard de M. de Prades s'éclairer, sa physionomie s'illuminer, son geste devenir plus énergique

C'est que là-bas, tout là-bas, dans l'ombre, au fond d'une baignoire, il croyait entrevoir Carmen.

Nous nous trompons, il ne l'entrevoyait même pas, il la percevait, il la devinait, il la sentait.

Un effet magnétique bien connu venait de se produire : un regard obstinément attaché sur lui avait attiré son regard. A travers la scène, la rampe, l'orchestre et dix rangs de spectateurs, une sorte de fluide était venu jusqu'à lui et l'avait fait tressaillir.

Non, il ne la voyait pas ; il distinguait, vaguement, un flot de dentelles noires, recouvrant une tête, cachant, à moitié, un visage, et retombant sur les épaules.

Telle Carmen lui était apparue pour la première fois, à Trouville, dans le salon de Lucrétia, telle Carmen lui apparaissait aujourd'hui.

Mais, ce n'était pas à ce souvenir, à cette coiffure brésilienne qu'il la reconnaissait. C'était, nous venons de le dire, à ce regard qui cherchait le sien et qui l'avait entraîné à travers l'espace. Ce n'étaient même pas deux regards qui s'étaient rencontrés, c'étaient deux volontés, deux forces magnétiques.

Carmen était là-bas, Didier ne pouvait en douter. Mais ses amis l'ignoraient sans doute ; Ils ne pouvaient la voir, dans le fond de cette

obscure baignoire, aux trois quarts cachée par
une autre femme assise devant elle. Allait-
elle donc leur échapper, allaient-ils donc encore
la laisser fuir ?

Comment les prévenir ? Quitter tout à coup
la scène ? Il n'y pouvait songer, non pas qu'il
respectât le public, au point de ne pas commettre cette irrévérence envers lui, mais son
brusque départ produirait un mouvement, un
désordre dans la salle, durant lequel Carmen,
alarmée peut-être, disparaîtrait.

Il avait un autre moyen d'attirer sur un
point de la salle l'attention de ses amis, c'était
d'obliger Mademoiselle Lelièvre à quitter le
fond de sa baignoire, à s'avancer au premier
rang, à se montrer. Pour cela que fallait-il ?
Chanter avec tant d'âme et de puissance, être
à la fois si vrai, si tendre, si passionné que
Carmen, oubliant toute prudence, emportée
par un élan irrésistible, se précipiterait en
avant, se dégagerait de l'ombre qui l'entourait
et jaillirait, en pleine lumière.

On était à la fin du second acte. Roméo rejoignit Juliette et chanta :

> O nuit divine, je t'implore,
> Laisse mon cœur à ce rêve enchanté
> Je crains de m'éveiller et n'ose croire encore
> A la réalité.

Alors une sorte de frémissement se produisit dans la salle. Tous les regards se portèrent sur Didier, les cœurs s'élancèrent vers le sien et battirent avec lui. Il venait seulement d'apparaître. On venait seulement de le comprendre. Il était superbe, on le trouva sublime.

Et, lorsqu'il dit, avec un charme incomparable, cette dernière phrase :

> Qu'un sourire d'enfant sur ta bouche vermeille,
> Doucement vienne se poser,
> Et murmurant encore : Je t'aime ! à ton oreille,
> Que la brise des nuits te porte ce baiser.

Les applaudissements éclatèrent de toutes parts : les deux courants nord et sud s'étaient rejoints et n'en formaient plus qu'un.

La toile baissée, rentré dans la coulisse. Didier reçut d'un air distrait les compliments que ses camarades, le directeur et quelques amis de la maison vinrent lui adresser. C'était Georges ou Richard qu'il aurait voulu voir, quelqu'un qui serait venu lui dire : « Tu nous l'as montrée, nous l'avons vue, nous la tenons.»

Mais personne ne vint.

S'était-il donc mis inutilement en frais de passion et de génie ? S'était-il donné tant de mal pour recueillir des applaudissements dont il n'avait que faire ?

Et si Carmen, après ce second acte, pressentant que Didier ne serait plus à la hauteur de ce qu'il avait été, allait partir, afin de rester sous une bonne impression ? Cette pensée le bouleversa. Il s'élança sur la scène, et vint regarder par l'étroite ouverture, ménagée dans la toile, pour permettre aux artistes de jeter un coup d'œil sur la salle.

Il ne vit plus Carmen à sa place. Alors il traversa de nouveau le théâtre en courant, gagna sa loge et se déshabilla, non pas pour changer de costûme, mais pour reprendre ses habits de ville, rejoindre ses amis et leur crier: « Elle était là, elle était là, courons après elle.»

Mais on frappa discrètement à sa loge, un garçon de théâtre entra et lui remit un carré de papier sur lequel il lut ces mots écrits au crayon : « Nous l'avons aperçue comme vous; ne vous occupez de rien et restez en scène jusqu'à la fin de la pièce, si vous ne voulez pas tout compromettre. »

On l'appelait pour le troisième acte, il ne se fit pas attendre et reprit son rôle. Rassuré maintenant et plein d'espoir dans l'avenir, il n'eut plus de défaillances. L'artiste reparut tout entier et oublia sa personnalité, Didier s'effaça devant Roméo.

Le duo du quatrième acte dans la chambre de Juliette:

Va ! je t'ai pardonné

fut enlevé par le jeune ténor avec une grande hardiesse. Il dut recommencer cette phrase:

Salut, tombeau sombre et silencieux.

Au cinquième acte, ce public d'abord si réservé, et si froid, était électrisé pendant qu'il chantait :

Ah ! redis-le, redis-le, ce mot si doux.

L'opéra terminé, Didier dut reparaître trois fois sur la scène. Toute la salle s'était levée et applaudissait.

Dans sa loge, M. de Prades trouva Madame de Saire, accompagnée d'un ami de son mari. Elle venait rendre compte de ce qui s'était passé, durant la soirée, de l'autre côté de la toile.

Avant le lever du rideau, Madame Vitel, avait cru reconnaître Carmen Lelièvre, au fond d'une baignoire, faisant face à la sienne. Aussitôt elle envoya son mari chercher Richard qui circulait dans les couloirs, et n'avait pas encore gagné sa place à l'orchestre.

— L'avez-vous aperçue? demanda vivement Lucrétia, sans laisser Richard entrer dans la loge.

— Est-ce qu'elle est ici? fit-il en pâlissant.

— Je le parierais. Tenez , glissez-vous
là, derrière M. Vitel, courbez-vous autant que
possible et dirigez cette lorgnette sur la sixième
baignoire, après l'avant-scène.

— Oui, dit Richard au bout d'un instant
d'examen. Je crois que c'est elle. Je ne puis
distinguer ses traits, mais c'est ainsi qu'elle
se voile, c'est son buste, c'est sa taille...
Puis, savez-vous qui l'accompagne, quelle est
la femme assise devant elle? C'est Antonia
Manos , cette Portugaise demeurant rue
Saint-Lazare , et chez laquelle Carmen a
passé la nuit qui a précédé l'enlèvement.

— Il n'y a plus de doute, alors! s'écria
Madame Vitel.

— Oh! je n'ose pas, répliqua Richard, autant m'avancer depuis [mon voyage au Brésil.
Vous me permettrez de douter, Madame, tant
que je n'aurai pas mieux vu.

— Soit! mais agissons, dès à présent, comme si nous ne doutions pas. Il faut que Carmen

ignore votre présence ici. Toute question d'enlèvement à part, elle doit craindre de se
rencontrer avec vous, et peut-être quitterait-
elle la salle, si elle vous reconnaissait. Veuillez
donc aller trouver M. de Saire, lui faire part
de nos soupçons, et le prier de vous remplacer à l'orchestre, afin que nous puissions
surveiller les couloirs et voir Mademoiselle
Lelièvre, s'il lui arrive de partir avant la fin de
la pièce.

Pendant une heure, M. et Madame Vitel,
Georges et Richard, restèrent dans l'indécision,
au sujet de la femme qu'on croyait être Carmen.
Mais, à la fin du second acte de *Roméo*, grâce
à Didier, les doutes se dissipèrent : l'inconnue
incapable de résister à son enthousiasme, oubliant toute prudence, quitta le fond de la baignoire. En même temps son voile s'écarta
pendant une seconde, et cette seconde suffit
à Madame Vitel et à Richard pour reconnaître
Mademoiselle Lelièvre.

Alors les dernières dispositions furent pri-

ses : Richard dut abandonner la salle et se tenir sous le grand vestibule, d'où il pouvait surveiller toutes les issues. L₃ cocher de M. de
Saire reçut l'ordre de ne pas quitter son siège,
de s'approcher le plus près possible du théâtre,
afin d'accourir au moindre signe de Richard.
Georges échangea sa place, au milieu de l'orchestre, contre un strapontin placé près d'une
sortie, de façon à se précipiter dans le couloir,
si la baignoire de Carmen s'entr'ouvrait.

Ce plan tracé, on attendit.

Mademoiselle Lelièvre fut, pendant les derniers actes, maîtresse de ses ém.   ns, et ne
quitta plus le coin obscur où elle s'était réfugiée. Rien n'annonçait qu'elle dût partir avant
la fin de la pièce ; elle voulait, sans doute, jusqu'au dernier moment, jouir du bonheur d'entendre et d'admirer Didier.

Telles étaient les nouvelles que Madame de
Saire apportait à M. de Prades. Elle n'avait
pu communiquer avec son mari durant le dernier entr'acte et elle n'en savait pas davantage.

Georges, tout entier à sa mission, lui avait seulement confié le soin de rejoindre Didier, de lui faire part des dispositions prises et de se rendre, avec lui, chez Madame de Baud qui devait être dans une cruelle anxiété.

Pendant que Lucile donnait ces explications à M. de Prades, voici ce qui se passait :

Carmen, comme on le prévoyait, avait assisté non-seulement à toute la pièce, mais avait pris une part active aux longues ovations faites à Didier, après le baisser du rideau. Lorsqu'elle quitta sa baignoire, Georges, qui l'avait étudiée, toute la soirée, de façon à pouvoir la reconnaître, se rangea derrière elle et la serra de près.

Tout en marchant, à ses côtés, il se disait que si, grâce à la foule, elle ne faisait, en ce moment, aucune attention à lui, dans quelques instants, lorsque des vides se produiraient, lorsque surtout elle aurait quitté le théâtre, Mademoiselle Lelièvre, étonnée de cette insistance à la suivre, pourrait s'en effrayer, inventer de

nouvelles ruses et faire perdre encore ses traces. « L'adresse, pensait Georges, consisterait
à lui laisser croire que ma poursuite est des
plus naturelles et ne doit pas l'inquiéter. »

Il réfléchit un instant et, appelant à son aide
les souvenirs de sa vie de garçon, il conçut un
plan qui devait éloigner tout soupçon de l'esprit de Carmen.

Le couloir venait de s'agrandir, on circulait
plus librement. Georges, au lieu d'en profiter,
pour s'éloigner et ne plus gêner les mouvements de ses voisins, se rapprocha, au contraire, encore davantage de Carmen, se pencha
de son côté, et murmura ces mots :

— Vous avez, pour compagne, une bien jolie
femme.

Il parlait d'Antonia Manos qui, après avoir
partagé, toute la soirée, la baignoire de Mademoiselle Lelièvre, quittait le théâtre Lyrique
avec elle.

Carmen releva vivement la tête et, après
avoir lancé à M. de Saire un coup d'œil destiné

à le faire rentrer sous terre, continua sa marche.

Géorges, sans se départir de son sang-froid, et feignant de prendre Carmen pour une sorte de duègne, se pencha de nouveau vers elle et lui dit :

— Je suis amoureux de votre amie, je n'ose pas le lui dire. Faites-lui part de mon aveu, vous n'aurez pas obligé un ingrat.

Les regards de Mademoiselle Lelièvre devinrent furieux, mais elle garda le silence.

— Vous refusez de me rendre ce service, reprit M. de Saire, alors je vais m'expliquer moi-même.

Il quitta sa voisine de droite et rejoignit sa voisine de gauche.

— Votre amie, Madame, fit-il à voix basse, met de la mauvaise grâce à me servir d'interprète auprès de vous. Ne m'en veuillez donc pas si je commets l'indiscrétion de vous déclarer que vous êtes adorable.

En sa qualité d'étrangère, Antonia Manα allait peut-être répondre.

— Taisez-vous, dit Carmen, en lui pressant le bras, nous ne nous débarrasserions jamais de ce Monsieur, si nous lui répondions.

Ces paroles avaient été prononcées d'une voix assez élevée pour que Georges pût les entendre. Il s'empressa de répliquer :

— Vous vous débarrasserez encore bien moins de moi, si vous persistez à vous montrer inexorables.

Madame Manos et Mademoiselle Lelièvre pressèrent le pas. M. de Saire marcha tout aussi vite qu'elles.

On venait d'atteindre le grand vestibule.

— Ne me permettrez-vous pas au moins de vous faire avancer une voiture? demanda Georges.

— Nous n'avons pas besoin de vous, finit par répondre Carmen du ton sec qu'on lui connaît.

Elle s'était adressée à un commissionnaire, et lui avait confié le soin d'aller chercher un coupé de remise.

— Alors, fit M. de Saire toujours impassible, vous voulez me forcer à vous suivre?

— Vous serez bien avancé, ne put s'empêcher de murmurer Mademoiselle Lelièvre.

— On ne sait pas, répliqua-t-il, c'est vous seule qui parlez; votre amie ne s'est pas encore prononcée.

On vint prévenir les deux femmes qu'une voiture les attendait. Georges les suivit, leur ouvrit la portière, les salua respectueusement, et, comme elles s'éloignaient, il s'élança, sous leurs yeux, dans son coupé, que Richard, témoin de toute la scène, avait fait avancer, et on l'entendit crier au cocher : « Suivez la voiture de ces dames. »

Deux amis de Gorges qui surprirent cet ordre ne purent s'empêcher de plaindre la jolie Madame de Saire, que son mari trompait peut-être trop ouvertement.

XXXII

Carmen, en montant dans le coupé de louage avec Antonia Manos, n'avait donné aucune adresse précise. « Gagnez les boulevards » s'était-elle contentée de dire. Elle se réservait évidemment d'indiquer, plus tard, le chemin qu'il fallait suivre.

En effet, arrivé aux boulevards, on vit le cocher se pencher sur son siége, afin de prendre les ordres de ses clientes, et, tournant à gauche, se diriger vers la Madeleine.

— Nous allons rue Saint-Lazare, n° 50, dit Richard, assis aux côtés de Georges.

— Comment savez-vous cela ? demanda M. de Saire étonné.

— N'est-ce pas l'adresse d'Antonia Manos ?

— C'est juste, j'oubliais. Vous pensez que Carmen va la reconduire.

— Peut-être même, ajouta Richard, est-elle descendue chez son amie et va-t-elle y passer

la nuit, comme elle l'a fait le jour de l'enlèvement. Alors quel parti prendrons-nous?

— Je suis d'avis de nous laisser guider par
les événements, répliqua Georges. Nous devons
agir d'après nos inspirations, et employer,
pour nous rapprocher de mademoiselle Lelièvre, tous les moyens qui nous viendront à l'esprit. Ils seront excellents si nous parvenons à
lui cacher les véritables motifs de notre poursuite, s'il ne lui arrive pas, un seul instant, de
soupçonner nos desseins. Elle ignore que nous
connaissons Didier et Madame de Baud ; voilà
ce qui fait notre force, ne l'oublions pas.
Maintenant, si vous m'en croyez, au lieu de causer, nous regarderons par la portière. Mon cocher a parfaitement compris mes instructions,
et il est des plus intelligents, mais notre surveillance ne saurait être inutile.

Le coupé qui contenait les deux femmes,
après avoir suivi les boulevards jusqu'à la
Maison Dorée, s'engagea dans la rue Laffitte,
la remonta jusqu'à l'église Notre-Dame-de-Lo-

rette, prit à gauche et s'arrêta devant le nº 50 de la rue Saint-Lazare. Aussitôt la portière s'ouvrit : Madame Manos s'élança sur le trottoir, courut à la porte cochère, sonna vivement pour qu'on répondît sans retard à son appel, et disparut avant que M. de Saire l'eût rejointe.

Alors on entendit un éclat de rire : Carmen, seule maintenant, se réjouissait du tour qu'elle venait de jouer à celui qui avait eu l'insolence de la prendre pour confidente. Cet éclat de rire intime ne lui suffit pas : comme le second coupé venait de s'arrêter, et qu'elle entendait un bruit de pas sur le trottoir, elle supposa naturellement que M. de Saire n'ayant pas vu Madame Manos disparaître, croyait la trouver encore dans le coupé, et s'avançait pour la rejoindre. Aussi, toujours disposée à être désagréable aux gens, elle s'empressa de s'écrier :

— Trop tard ! la belle s'est envolée, il ne reste plus que la duègne.

— La duègne me suffit, dit une voix.

C'était Richard qui se dressait, tout à coup, devant la portière encore ouverte. Les lanternes de la voiture éclairaient son visage. Carmen le reconnut.

— Vous! vous! s'écria-t-elle.

— Moi-même, répondit-il d'une voix grave, le père de votre fille.

— Comment êtes-vous ici?... Je ne comprends pas, balbutia-t-elle.

— C'est bien simple, je vous ai aperçue, ce soir, au Théâtre-Lyrique, et je vous ai suivie.

Elle esssayait de s'expliquer le changement à vue qui venait de s'opérer, et ne pouvant y parvenir :

— Vous étiez donc, demanda-t-elle, dans la voiture qui nous suivait?

— J'étais dans l'une des deux voitures qui vous suivaient, répondit-il, l'autre s'est éloignée, au moment où votre amie est rentrée chez elle.

Mademoiselle Lelièvre retrouva son sang-froid habituel, elle regarda Richard et lui dit :

— Eh bien! vous m'avez rejointe. Que voulez-vous?

— Vous parler assez longuement.

— Oh! ce n'est pas le moment; je ne donne pas d'audience, dans la rue, à une heure du matin.

— Toutes les heures me sont bonnes, répondit-il d'une voix ferme. Je vous cherche depuis plusieurs années; je vous ai enfin trouvée, je ne vous laisserai pas m'échapper de nouveau.

Et, sans attendre sa réponse, il se pencha vers le cocher, lui glissa une pièce de monnaie dans la main, lui donna l'ordre de marcher sans s'inquiéter de sa route, s'élança dans la voiture, et ferma vivement la portière.

— Maintenant, fit-il une fois assis aux côtés de Carmen, parlons de nos affaires.

— J'allais, fit-elle avec aigreur, vous le proposer, afin de pouvoir rentrer chez moi le plus tôt possible.

— Rien ne vous empêche de rentrer im-

médiatement chez vous , répliqua Richard ,
j'ai eu assez souvent l'honneur de vous
recevoir, pour que vous puissiez me donner,
par hasard, l'hospitalité.

— Non, il ne me plaît pas de vous faire savoir où j'habite.

— Oh ! je le saurai tôt ou tard.

— Comment, je vous prie?

— En ne vous quittant pas.

Ces réponses, et le ton dont elles étaient
faites, au lieu d'augmenter l'irritation de Carmen, semblèrent l'apaiser. Elle se tourna vers
Richard et lui dit :

— Après une si longue séparation, devons-
nous nous retrouver pour nous parler de cette
façon?

— Je ne fais, répliqua-t-il, que vous imiter.
Vous me traitez comme un étranger; vous
m'accueillez.... durement; je ne puis pas
me jeter à vos pieds, pour vous peindre la joie
que j'éprouve à vous revoir.

— C'est vrai, répliqua-t-elle, j'ai eu tort;

mais votre arrivée a été si brusque... Enfin les excuses sont faites de part et d'autre. Que voulez-vous de moi? Avez-vous des reproches à m'adresser sur ma brusque disparition d'autrefois?

— Aucun. Vous m'avez pris parce que je vous plaisais; vous m'avez quitté parce que cela vous plaisait; rien de plus simple.

— Évidemment, c'est la vie cela, mon cher.

— Aussi je ne me plains pas ; mais une autre pourrait se plaindre.

— Qui donc?

— Votre fille.

— Se plaindre que je vous l'ai confiée? Oh! non; elle est heureuse auprès de vous, je vous connais.

— Est-ce à moi seul qu'il appartient de remplir des devoirs envers elle?

— Alors c'est pour me parler de l'enfant que vous m'avez suivie ce soir? demanda Carmen.

— Je n'ai pas d'autre but.

— Comment va-t-elle ?

— Bien. Est-ce que cela vous intéresse?

— Beaucoup. Qu'avez-vous de particulier à me dire, à son sujet?

— Ceci : Lorsque je travaillais chez moi, à copier des manuscrits, il m'était facile de prendre soin de Jeanne et je l'ai toujours fait ; maintenant, mes occupations me forcent à sortir toute la journée, et je suis obligé de me séparer de ma fille, malgré mon affection pour elle.

— Mettez-la dans quelque pension.

— Il me semble plus naturel de la mettre chez sa mère.

— Je suis malheureusement dans l'impossibilité de me charger d'elle; je vous l'ai dit autrefois.

— Autrefois, ces paroles m'ont suffi ; aujourd'hui je demande des preuves.

— Comment vous en donner?

— Rien de plus facile : initiez-moi aux

mystères de votre existence, dont vous avez négligé jusqu'ici de me parler.

— J'ai, toujours, pour me taire, de graves motifs.

— J'ai, pour essayer de vaincre votre silence, des motifs tout aussi graves.

— Et si je ne veux pas vous faire connaître mes secrets.

— Je les découvrirai, puisque je ne vous quitte plus. Je suis décidé à donner une mère à ma fille.

Carmen fut effrayée; elle crut devoir essayer de la conciliation :

— Je ne refuse pas absolument, reprit-elle, de me charger de Jeanne, mais je n'habite point Paris. Si vous me la confiez, vous ne pourrez plus la voir.

— Je trouverai le temps de me rendre auprès d'elle.

— Ma retraite est très-éloignée.

— Cela me regarde.

— Soit, vous avez peut-être raison, je dois

vous aider dans l'accomplissement de vos devoirs. Amenez-moi, demain, l'enfant ; je partirai avec elle.

— Vous l'amener, où ?

— A l'hôtel que j'habite lorsque je descends
à Paris. Je voulais cacher mon adresse à mon
ancien amant, dont je redoutais les reproches ;
je ne prétends pas la cacher au père de ma
fille. Donnez l'ordre, je vous prie, de nous
conduire rue Louis-le-Grand, 8.

XXXIII

Devant la porte de l'hôtel, Carmen voulut
prendre congé de Richard.

— Vous connaissez maintenant ma demeure,
dit-elle, au revoir.

— Mais non, fit-il, vous savez bien que nous
ne nous quittons pas.

— Comment, alors, pourrez-vous, demain
matin, m'amener Jeanne, ainsi qu'il a été convenu ?

— Je ne vous l'amènerai pas, je l'enverrai
chercher.

— Et, jusqu'à l'heure de mon départ?...

— J'aurai le plaisir de vivre dans votre
société.

— Pour ma société ?

— D'abord et ensuite parce que si je com-
mettais l'imprudence de m'éloigner, lorsque je
reviendrais avec l'enfant, je ne vous trouverais
plus.

— Allons ! fit-elle exaspérée, cessons cette
plaisanterie. Vous me trouverez ou bien vous
ne me trouverez pas, je n'en sais rien. Pour le
moment, je veux être seule. Si vous persistez
à me suivre, si vous tentez d'entrer chez moi,
j'appelle.

Sans tenir aucun compte de cette menace, il
lui prit le bras, et le serrant avec force :

— Si vous appelez, dit-il, et que, par hasard,
des sergents de ville accourent, je soutiendrai
que vous êtes ma femme et que vous n'avez
pas le droit de me fuir. On nous conduira au

poste pour nous expliquer : on nous demandera
nos papiers, je fournirai les miens et, peut-
être, serez-vous embarrassée de montrer les
vôtres ; j'indiquerai mon domicile, et vous serez
obligée de déclarer que vous n'en avez pas, car,
pour la police, les hôtels garnis ne sauraient
compter.

Il disait toutes ces choses avec le plus grand
calme, presque à voix basse, mais il continuait
à serrer le bras de Carmen.

Elle comprit qu'il ne céderait pas, et, comme
elle redoutait, sans doute, l'intervention des sergents de ville, comme elle n'avait, peut-être
aussi, aucune raison sérieuse pour refuser de
donner l'hospitalité à Richard, elle finit par se
décider à le laisser pénétrer dans l'hôtel.

Les garçons dormaient, mais un bec de gaz
encore allumé permit à Mademoiselle Lelièvre
de trouver la clef de sa chambre et de prendre
un bougeoir. Elle monta trois étages, ouvrit une
porte et fit entrer Richard dans une pièce assez
confortablement meublée.

Il n'espérait pas y trouver la petite Louise ;
Carmen ne l'aurait pas laissée seule, toute une
soirée, elle n'aurait pas mis brusquement
Richard en face de cette enfant, sans avoir
inventé quelque fable pour expliquer sa présence chez elle. Cependant il ne put se défendre de jeter un rapide coup d'œil autour de
lui.

La chambre était déserte, et rien n'indiquait
que Louise s'y fût même reposée.

Décidément Mademoiselle Lelièvre avait dit
vrai, en soutenant qu'elle n'habitait plus Paris,
et Richard se félicitait de lui avoir parlé de
Jeanne. Cette idée lui était venue, sans qu'il
l'eut examinée ; elle pouvait amener d'heureux
résultats. En effet, d'un côté, Carmen,
désireuse de se débarrasser, le plus vite
possible, de Richard, consentirait à se
charger de sa fille, au moins pendant quelque
temps, dût-elle l'abandonner bientôt. D'un autre
côté, Richard, résolu à ne pas quitter Mademoiselle Lelièvre un seul instant, arriverait à

connaître sa retraite. Jeanne servirait à retrouver Louise ; cette pensée le ravissait.

Tandis qu'il songeait ainsi, Carmen, qui
venait d'allumer les bougies de sa chambre, le
regardait à la dérobée. Durant deux heures
passées avec lui en voiture, elle n'avait fait que
l'entrevoir, à la lueur incertaine des lanternes
ou de quelque réverbère. Maintenant, elle distinguait ses traits, et des souvenirs qu'elle
croyait à tout jamais effacés lui revenaient à
l'esprit. Depuis leur séparation, les ravages
faits par la petite vérole étaient devenus
moins apparents, et Mademoiselle Lelièvre se
demandait si la brusque rupture d'autrefois
avait été suffisamment motivée. Richard rache-
tait, par tant de qualités, ces imperfections
accidentelles : son regard était toujours des
plus expressifs, ses dents d'une blancheur
incomparable, et sa taille des plus souples.

Tout à coup elle le rejoignit et lui dit :

— Alors, tu es bien décidé à passer la nuit
ici ?

— Très-décidé, répondit-il en allumant une cigarette.

—Et, demain, nous nous séparerons de nouveau ?

— Non, puisque nous voyagerons ensemble.

— Je ne comprends pas.

— C'est bien simple : N'est-il pas convenu que vous emmenez Jeanne avec vous?

— Sans doute, mais...

— Moi, je vous accompagne toutes les deux. Avant de vous confier... notre fille, je veux connaître le lieu que vous habitez, pénétrer dans votre intérieur, me rendre compte de vos habitudes, de vos goûts, de vos relations. Il est juste qu'à votre tour vous preniez soin de Jeanne, mais, avant de vous remettre cette enfant, je désire savoir si vous êtes dans les conditions voulues pour remplir vos devoirs envers elle.

Carmen écoutait à peine Richard ; elle se contentait de le regarder et commençait à se sentir des dispositions à l'épanchement et à la tendresse. Peut-être se reconnaissait-elle des torts vis-à-vis de lui, et le remords entrait-il dans son cœur ? Peut-être aussi la voix de Didier avait-elle, dans le courant de la soirée, réveillé son imagination endormie, et se souvenait-elle qu'autrefois, auprès de Richard, elle avait oublié Monsieur de Prades ?

Elle s'était assise aux côtés de son ancien amant et lui disait :

— Tout est-il bien fini entre nous ? Notre passé ne doit-il jamais revivre ?

Il ne répondit pas.

— Tu m'en veux, reprit-elle, et je te comprends ; mais, ne puis-je obtenir ma grâce ?

— Non, fit-il résolument. L'amant vous pardonne de l'avoir quitté, le père ne saurait oublier que vous avez abandonné votre fille.

Elle comprit la gravité de ce grief et baissa la tête. Cependant, comme elle n'abandonnait pas facilement une idée, elle résolut de se défendre, de faire changer Richard d'opinion sur son compte, et de lui expliquer, à sa

façon, les mystères de la retraite dans laquelle
il voulait pénétrer.

— Peut-être, reprit-elle, étais-je moins coupable que tu ne le supposes le jour où j'ai
quitté ma fille. J'avais un autre devoir à remplir.

— Vous en connaissez de plus sérieux?
demanda-t-il.

— Non; j'en connais d'aussi sérieux, parce
qu'ils sont de même nature.

— Que voulez-vous dire?

— Jeanne avait un père qui l'adorait, et...
mon autre fille n'en avait pas.

— Votre autre fille! fit-il en jouant l'étonnement, car il venait de comprendre la pensée de
Carmen. Vous avez une autre fille?

— Oui, répondit-elle. Méprise-moi comme
maîtresse, soit! Ne me méprise pas comme mère.
J'ai cessé de te voir, parce que j'en aimais
un autre que toi... Une fille nous est née, et
bientôt... son père est mort. Alors je me suis
entièrement consacrée à cette enfant; c'est

pourquoi je ne suis pas venue te redemander Jeanne.

— Je ne vous crois pas, dit Richard.

— Tu me croiras, demain, lorsque tu verras celle dont je parle.

L'émotion de Richard était des plus vives, mais sa physionomie demeurait impassible. Il touchait enfin au but, il allait pouvoir tenir le serment fait à Marcelle de lui rendre son enfant.

Tout à coup, il entendit un bruit de pas dans l'escalier et l'on frappa vivement à la porte de Carmen.

— Vous attendez quelqu'un? demanda Richard étonné.

— Non, fit-elle, on se trompe sans doute.

On frappa de nouveau.

— Qui est là, que veut-on? dit Mademoiselle Lelièvre en s'avançant vers la porte.

— Ouvrez, répondit une voix.

— Je n'ouvre pas à pareille heure.

— Au nom de la loi, ouvrez! reprit-on.

17.

Richard vit Carmen pâlir et regarder autour d'elle, comme si elle cherchait une issue pour fuir.

Mais, avant qu'elle eût fait un seul pas, un commissaire de police et deux agents de la sûreté entrèrent dans la chambre.

XXXIV.

On se souvient que Madame Vitel, le jour où elle perdit les traces de Mademoiselle Lelièvre dans la ville du Mans, offrit à un agent de police que lui avait recommandé le préfet de la Sarthe, une somme relativement considérable s'il parvenait à retrouver Carmen. Cet agent, malgré tout son désir de gagner la récompense promise, n'avait pu découvrir la retraite de Mademoiselle Lelièvre, ni même obtenir, sur son compte, des renseignements sérieux. Il était fort désolé de son insuccès et continuait, à ses risques et périls, et dans ses moments perdus,

des recherches qu'on ne lui demandait plus
depuis longtemps.

Dans la journée du 4 novembre, vers
onze heures du matin, il se trouvait sur le
quai de la Gare du chemin de fer, lorsque arriva
l'express en destination de Paris. Quelques
voyageurs descendirent du train pour se rendre au buffet, et l'agent, qui n'était pas de
service, ne crut pas devoir s'occuper d'eux.
Mais, au moment où on les appelait pour monter en wagon, une petite femme, habillée de
noir, et qui regagnait une voiture de première
classe, attira son attention. Il lui sembla reconnaître la personne dont le signalement lui avait
été donné avec tant de soin et dont le portrait, dessiné par M. Vitcl, lui avait été communiqué.

Il s'élança vers le wagon, monta sur le
marchepied, passa sa tête par la portière et
regarda dans l'intérieur, comme l'aurait fait
un voyageur en quête d'une place.

Il resta frappé de la ressemblance : c'était

bien celle qu'il cherchait, c'était bien Mademoiselle Lelièvré.

Mais, que faire? Il n'avait sur lui aucun mandat qui lui permît de l'arrêter. S'il se trompait aussi, quel scandale, et comme il courrait le risque d'être destitué! Il eut la pensée de monter dans le wagon et de la suivre. Mais il avait rendez-vous avec le secrétaire général de la préfecture, pour lui soumettre un rapport des plus pressés, et il n'osa pas s'absenter sans autorisation.

Pendant qu'il hésitait ainsi, un coup de sifflet se fit entendre, et l'express se mit en marche.

Il n'y avait plus qu'un parti à prendre : télégraphier à Paris. Mais télégraphier à qui? Au préfet de police? Au procureur général? On ne tiendrait aucun compte de sa dépêche, car il n'avait pas reçu la mission de rechercher Mademoiselle Lelièvre.

Il crut, alors, devoir se rendre auprès du substitut du procureur impérial, résidant au

Mans, et lui faire sa déclaration qui fut parfaitement accueillie, puisque, nous le savons par le préfet de police, tous les parquets de province étaient avisés de l'affaire.

Cette démarche avait, malheureusement, pris un temps précieux, et le télégramme officiel ne parvint à Paris qu'après l'arrivée de l'express.

Il était trop tard pour surprendre Carmen, à sa descente de wagon. Mais le commissaire de police aux délégations judiciaires reçut l'ordre de faire rechercher la femme que le parquet du Mans venait de signaler, et de l'arrêter, s'il était constaté qu'il s'agissait bien de la prévenue.

Le préfet ne fut pas informé de ces mesures; elles furent prises au Palais-de-Justice et dans les bureaux. Il ne put démontrer qu'elles allaient entraver les dispositions de MM. de Prades et de Saire. Comme l'avait craint Madame Vitel, la police, avec les meilleures intentions du monde, risquait de compromettre le succès d'une entreprise si bien conduite par des gens du monde.

Le commissaire, dès qu'il eut reçu ses instructions, mit en campagne deux de ses meilleurs agents. Ils coururent aussitôt à la gare Montparnasse, où ils apprirent qu'on avait vu descendre à trois heures quarante-cinq, d'un wagon de première classe, faisant partie de l'express, une femme répondant au signalement de Carmen. Elle avait quitté immédiatement la gare pour monter dans une voiture de place.

Où retrouver cette voiture? Les agents se transportèrent au dépôt de la Compagnie générale, attendirent le retour des cochers, les interrogèrent et surent enfin que l'un d'eux avait pris, à quatre heures, dans la cour d'arrivée de la gare Montparnasse, une petite femme vêtue de noir, n'ayant à la main qu'un sac de nuit, et qu'il l'avait conduite rue Louis-le-Grand, n° 8.

Ils prévinrent aussitôt leur chef qui se rendit à l'hôtel indiqué, réveilla les garçons, leur fit

différentes questions, et, assez édifié pour ne
pas commettre d'erreur, monta l'escalier et
entra, comme nous l'avons vu, chez Mademoiselle Lelièvre.

Carmen s'était déjà remise de sa première
émotion, elle regardait le commissaire de police
et semblait lui demander de quel droit il péné-
trait ainsi chez elle.

Richard debout, appuyé contre le marbre de
la cheminée, attendait.

— Je n'ai pas besoin de vous apprendre qui
je suis, dit le magistrat en s'adressant à Mademoiselle Lelièvre. Mon écharpe m'a déjà fait
connaître. Vous savez aussi probablement ce
dont il s'agit.

— Nullement, Monsieur, répondit Carmen,
et j'attends, au contraire, que vous vouliez bien
me le dire.

— C'est ce que je ne tarderai pas à faire.
Donnez-moi d'abord vos noms et prénoms.

— Je m'appelle Carmen Lelièvre.

— Bien, fit le commissaire qui ne put dissi-

muler un mouvement de satisfaction, car il craignait encore de se tromper. Êtes-vous mariée?

— Non

— Que fait ici monsieur? demanda-t-il en
désignant Richard.

— Monsieur est un de mes amis : il m'a
rencontrée, ce soir, au Théâtre-Lyrique, et
comme je ne l'avais pas vu depuis longtemps,
il m'a conduite dans cet hôtel, où nous cau-
sions, le plus honnêtement du monde, lorsque
vous êtes entré.

— Comment vous appelez-vous ? fit le commissaire en se tournant vers Richard.

Celui-ci donna son nom.

— Vous habitez Paris ?

— Oui, Monsieur, rue de Braque, n° 9.

— Vous n'êtes pas inculpé dans l'affaire qui
m'occupe en ce moment, vous pouvez vous
retirer ; on va vous reconduire chez vous et
s'assurer de votre identité. Tenez-vous prêt
seulement à comparaître dans un bref délai
devant le juge d'instruction. Allez !

ll dit quelques mots à l'un de ses hommes qui se mit en devoir de suivre Richard. Puis, reprenant son interrogatoire sommaire :

— Quelle est votre profession ? demanda-t-il à Carmen ?

— Je n'en ai pas pour le moment, répondit-elle.

— De quoi vivez-vous ?

— Des économies que j'ai faites en donnant, pendant plusieurs années, des leçons d'espagnol et de portugais.

— Seriez-vous étrangère ?

— Non. Je suis née au Brésil, mais mon père était Français.

— Où demeurez-vous ?

— Ici, vous le voyez bien.

— Je vous prie de me répondre convenablement, fit avec sévérité le commissaire. Vous savez fort bien que vous êtes descendue dans cet hôtel, hier pour la première fois, à quatre heures du soir. On ne vous avait jamais vue auparavant. D'où veniez-vous ?

— De la province.

— Quelle ville de province ?

— Le Havre.

— C'est inexact. Vous ne pouviez pas venir du Havre, car vous êtes entrée dans Paris par la gare Montparnasse et vous avez traversé le Mans, hier, à onze heures du matin.

— C'est une erreur, j'arrive du Havre.

— Vous ne voulez pas répondre sur ce point d'une façon sérieuse. Soit, continuons. Qu'êtes-vous venue faire à Paris ?

— Préparer mon départ pour le Brésil, où je vais rejoindre ma famille.

— Ainsi vous venez du Havre, vous repartez pour le Brésil et vous n'avez aucun domicile fixe en France.

— Aucun ; je voyage depuis trois mois.

— Avec ce sac de nuit que j'aperçois sur cette table ? Où sont restés vos autres bagages?

— Je n'en ai pas d'autres.

— C'est improbable. Je crois plutôt que vous tenez à cacher votre véritable domicile

Vous avez pour cela une bonne raison : on y trouverait la preuve vivante du crime dont vous êtes accusée.

— Quel crime ?

— Vous avez, le 12 juin dernier, en pleins Champs-Elysées, volé un enfant.

Le commissaire de police, en prononçant ces derniers mots, regardait attentivement Carmen.

Elle ne trahit, d'aucune manière, son émotion et se contenta de répondre :

— Je ne sais pas ce que vous voulez dire, Monsieur.

— Le juge d'instruction vous donnera des explications à ce sujet. Pour le moment, ces renseignements me suffisent, veuillez vous apprêter à me suivre.

— Je suis prête, fit-elle, après avoir jeté un mantelet sur ses épaules et mis, sur sa tête, un chapeau de voyage.

Elle allait prendre son sac de nuit, lorsque le commissaire de police s'en saisit pour le visiter.

Une demi-heure après, les portes de la Conciergerie se fermaient sur Mademoiselle Lelièvre.

XXXV

Pendant que Carmen était aux prises avec la justice, Richard, après s'être fait reconnaître par son concierge de la rue de Braque, s'empressa de se rendre chez Madame de Baud, où l'on ne savait encore rien des événements de la nuit. Avant qu'il eût sonné à la porte de Marcelle, les deux jeunes femmes et M. de Saire, qui l'avaient vu descendre de voiture, accouraient à sa rencontre, et lui demandaient des nouvelles.

Hélas ! celles qu'il apportait n'étaient pas de nature à satisfaire des personnes renseignées, depuis longtemps, sur le caractère inflexible de Carmen. Il paraissait évident que, pour se venger de son arrestation, elle allait refuser

de faire connaître la retraite où elle avait laissé
la petite Louise. La police pouvait se féliciter
de s'être emparée d'une prévenue, recherchée
depuis longtemps, mais qu'importait à Madame de Baud et à ses amis, puisqu'en retrouvant Carmen, on n'avait pas retrouvé l'enfant?

Ils n'étaient pas désespérés cependant : on
ne pouvait se dissimuler qu'un grand pas avait
été fait, depuis la veille. Si l'instruction était
habilement conduite, Mademoiselle Lelièvre,
pour ne pas aggraver sa situation, finirait par
répondre aux questions qui lui seraient posées.
Dans le cas où elle persisterait à garder le
silence, il était aussi permis d'espérer qu'on
découvrirait sa dernière résidence, qui devait
être dans les environs de la ville du Mans.

Seul, Richard, se désolait d'avoir été rejeté si
loin, au moment où il allait atteindre le but.
« Quand je pense, répétait-il, qu'aujourd'hui,
demain peut-être, je vous ramenais votre
fille. Quelle joie m'est enlevée ! »

Avec M. de Saire il s'expliquait plus nettement : « J'ai observé Carmen, disait-il, quand la police a fait irruption chez elle ; si vous aviez vu l'expression de sa physionomie, vous auriez été effrayé. Elle a dû concevoir aussitôt quelque terrible dessein. Ah ! je n'oublierai jamais son sourire, il semblait dire : « Vous vous croyez maître de moi, je ne vous appartiendrai jamais, je me rirai de vous et de la justice. »

Madame Vitel, chez qui M. de Prades et M. de Saire crurent devoir immédiatement se rendre, lorsqu'elle fut au courant de la situation, tint le même langage que Richard.

— Ce que je craignais tant est arrivé, fit-elle. Pour moi, la partie est perdue. Vous m'en voyez d'autant plus désolée que je suis cause de cet insuccès. Sans mon agent de police du Mans tout marchait à ravir. Votre Monsieur Richard avait imaginé une ruse excellente : l'imagination surexcitée par la soirée au Théâtre-Lyrique, Carmen allait tenter de se rejeter dans les bras de son dernier amant, afin de faire diversion à sa passion pour le premier. Elle avait certainement le projet, bien arrêté, d'entraîner Richard dans sa retraite, puisqu'elle avait pris soin de lui expliquer la présence chez elle d'une enfant inconnue. Je vous le répète, c'est ma faute, et je vous fais mes sincères excuses.

— Nous ne les acceptons pas, dit M. de Saire en lui tendant la main. Vous seule, dans cette triste affaire, nous avez rendu de véritables services ; tous. vos avis ont été excellents ; vous ne vous êtes trompée dans aucune de vos prévisions.

— Et c'est justement ce qui me désole, s'écria-t-elle. Je ne me trompe pas davantage lorsque je vous dis que Carmen ne parlera pas, ne parlera jamais. On peut rétablir la torture à son intention, l'attacher sur un chevalet, lui enfoncer des coins dans la chair, la pendre par les pieds, lui mettre un entonnoir dans la bouche et lui faire avaler une tonne d'eau comme au temps de l'Inquisition, elle ne dira que ce qu'elle veut dire, rien de plus. Les

prières, les supplications, les larmes, n'auront
pas plus de prise sur cette âme de bronze.
Un jour, elle a décidé qu'elle se vengerait de
M. de Prades; elle se vengera jusqu'au bout,
non-seulement de son amour méconnu, mais
de son arrestation, dont elle le rendra res-
ponsable... Et, cependant, cette arrestation
ne la désespère pas autant que vous pouvez le
croire : elle lui apprend que M. de Prades
connaît la main qui l'a frappé. Elle se réjouit
à la pensée qu'il songe à elle et la maudit.
C'est aujourd'hui seulement que Carmen commence , d'une façon complète, à savourer sa
vengeance, à s'en repaître !

Didier et Georges s'étaient levés.

— Nous laisserez-vous partir, dit M. de
Saire à Madame Vitel, sous l'impression de
vos dernières paroles, sans nous donner un bon
conseil ? Ne connaissez-vous pas quelque
moyen de faire parler Mademoiselle Lelièvre ?

— Aucun, répondit-elle.

— Devons-nous donc à renoncer à retrouver l'enfant?

— Non. Mais ne vous occupez ni du procès de Carmen, ni de sa condamnation qu'elle n'évitera pas, car elle manque des qualités voulues pour attendrir un jury. Consacrez tous vos instants à de nouvelles recherches. Elles doivent réussir, c'est seulement une affaire de temps et de patience.

Ils la quittèrent pour se rendre au Palais-de-Justice, où le juge d'instruction venait de faire subir à Mademoiselle Lelièvre un long interrogatoire.

XXXVI

Après les questions d'usage, qui ne furent que la reproduction de celles précédemment posées par le commissaire de police, le juge d'instruction avait demandé brusquement à la prévenue où était l'enfant enlevée par elle.

18

— Je n'ai enlevé aucun enfant, répondit Carmen, aussi m'est-il difficile, Monsieur, de vous désigner le lieu où il se trouve.

— Vous persistez à nier devant moi, comme vous avez nié devant le commissaire?

— Je ne nie même pas, Monsieur, car je ne comprends pas.

— Alors répondez aux nouvelles questions que je vais vous adresser.

— J'essayerai.

— D'après votre propre déclaration, vous avez longtemps habité Paris ; à quelle époque l'avez-vous quitté?

— Dans les premiers jours de juin.

— Pouvez-vous donner une date plus précise?

— Je suis prise au dépourvu; cependant je ne crois pas me tromper en désignant le 10 juin, comme le jour de mon départ.

— Vous vous trompez, au contraire, car le 11 juin vous occupiez une maison meublée de la rue d'Amsterdam, et le 12, au matin, un dimanche, le garçon de cet hôtel vous a rencontrée dans la rue de Londres et vous a parlé.

— C'est exact, Monsieur, je me souviens
maintenant. Ma mémoire m'a fait défaut un
instant. Mais vous me rendrez cette justice que
je n'ai rien affirmé.

— Vous êtes très-prudente, je le sais, fit
observer le juge d'instruction.

— Je suis vraie, voilà tout, répondit Carmen
avec un sang-froid inaltérable.

— Nous allons bien le voir. Pour quelle
raison quittiez-vous Paris, le 12 juin ?

— Simplement pour voyager, Monsieur. Depuis plusieurs années, je n'avais pas cessé de
donner des leçons, et, en vue de ma santé, peut-
être aussi pour mon plaisir, j'ai pris un congé.
J'avais prévenu mes élèves, une semaine à l'avance, et obtenu, avec d'autant plus de facilité, leur agrément, que la plupart partaient
elles-mêmes pour les eaux, les bains de mer
ou la campagne.

— Vous voyagiez seule ?

— Oui, Monsieur.

— Quel chemin de fer avez-vous pris?

— Le chemin de fer du Nord.

— Je m'attendais à cette réponse. C'est, en effet, à la gare du Nord que vous avez donné l'ordre de transporter votre malle. A propos, qu'est devenue cette malle?

— Comme je voyageais très-rapidement, elle m'embarrassait, et me revenait surtout très-cher. Aussi, ai-je cru devoir la laisser dans un des hôtels que j'ai habités, et la remplacer par un sac de nuit.

— Ce sac de nuit suffit à renfermer tout ce qu'elle contenait?

— J'ai dû me défaire aussi de plusieurs objets qui m'étaient inutiles.

— Tout ce que vous possédez se compose alors : des vêtements que vous portez sur vous, d'un peu de linge et de trois cents francs, trouvés dans votre sac de nuit?

— Oui, Monsieur. Il n'y a rien là d'étonnant : je suis très-habituée aux voyages et je les simplifie de mon mieux.

— N'avez-vous pas dit au commissaire de police que vous étiez sur le point de partir pour le Brésil ?

— Oui, c'était mon projet.

— Avec trois cents francs ?

— Plusieurs de mes élèves me doivent encore le prix de leurs dernières leçons ; je comptais le leur réclamer.

— Revenons à vos voyages. Vous quittez Paris le 12 juin. C'est bien établi, n'est-ce pas ?

— Oui, Monsieur ; c'est vous qui l'avez parfaitement établi.

— Par la gare du Nord ?

— Oui, Monsieur, par la gare du Nord.

— Et vous prenez votre billet pour quel pays ?

— La Belgique.

— L'étranger, c'est cela ! Vous pensez qu'il nous sera plus difficile d'avoir des renseignements sur vous.

18.

— Je suis prête à vous en donner, Monsieur.

— Soit ! Quelle ville de la Belgique avez-vous habitée ?

— Je n'en ai habité aucune, je les ai toutes traversées.

— Naturellement. Personne ne pourra, de cette façon, se rappeler vous avoir vue. Et de la Belgique vous allez ?...

— En Hollande.

— Vous ne songez pas à visiter l'Angleterre ?

— Non, Monsieur. Le temps et l'argent m'ont manqué.

— C'est alors que vous revenez en France ? Par quelle voie ?

— Par la voie de mer. Je me suis embarquée sur un navire d'Amsterdam, directement pour le Havre.

— Au Havre, où avez-vous demeuré ?

— Nulle part, j'ai pris immédiatement le chemin de fer.

— Pour vous rendre à Paris et assister à la représentation du Théâtre-Lyrique ?

— Oui, Monsieur, j'adore la musique.

— Et c'est tout ; vous n'avez rien de plus à
me dire?

— Absolument rien.

— Alors, c'est à moi de vous apprendre une
foule de détails, de particularités que vous
semblez ignorer, de vous mettre au courant de
tous vos faits et gestes, depuis cinq mois.
C'est à moi qu'il appartient aussi de reconsti-
tuer, pour ainsi dire, votre existence qui n'a
pas le moindre rapport avec vos déclarations. Je
commence, et je vous conseille de m'écouter
attentivement.

Le juge d'instruction se leva, dit quelques
mots à son greffier, qui lui remit un volumineux
dossier. Il l'ouvrit, consulta des notes et, revenant s'asseoir devant son bureau :

— Le 11 juin, continua-t-il, vous faites porter votre malle à la gare du Nord, comme
vous l'avez reconnu. Mais, le même jour, ou le
lendemain matin (pour ce détail, le seul du
reste, je ne puis rien dire de précis) vous ve-

nez reprendre vos bagages et vous les faites transporter à la gare de l'Ouest. Vous rôdez ensuite du côté de la rue de Londres', pour épier le moment où une locataire appelée Madame de Baud, sortira de chez elle avec sa fille.

Vers trois heures, la mère et l'enfant se dirigent vers les Champs-Elysées; vous les suivez. Elles s'asseyent au coin de l'avenue Marigny. Après avoir pris note de la place qu'elles occupent, vous vous éloignez pour vous mettre en quête d'une voiture. Rue du Faubourg-Saint-Honoré, vous arrêtez le cocher du n° 3023, vous lui ordonnez de stationner place de la Concorde, vous lui remettez cinq francs, dans le but de lui inspirer de la confiance, et vous rejoignez Madame de Baud. Il est environ cinq heures et demie, n'est-ce pas?

— Je ne saurais vous le dire, Monsieur, répondit Carmen toujours impassible.

— Tout à coup, reprit le juge d'instruction, un accident de voiture a lieu sur la chaussée,

Il s'ensuit un certain désordre parmi les promeneurs de l'avenue ; la foule se porte sur le
même point ; Madame de Baud est séparée de
sa fille, et vous en profitez pour vous précipiter sur l'enfant, l'enlever dans vos bras,
descendre les Champs-Elysées, rejoindre votre
voiture et fuir au plus vite.

Votre cocher s'arrête devant la Tour
Saint-Jacques. Vous traversez le square, puis,
revenant sur vos pas, vous rentrez dans la rue
de Rivoli. La concierge du n° 30 vous inter-
pelle, au sujet de l'enfant qui pleure à vos
côtés, vous fuyez cette femme trop curieuse et
vous montez dans le fiacre 907.

Il vous conduit rue Saint-Lazare chez une
de vos compatriotes, Antonia Manos, avec
laquelle vous passez la soirée du dimanche
12 juin. A onze heures et demie vous demandez une voiture et vous donnez, devant la
bonne d'Antonia Manos, l'ordre de vous
conduire à la gare de la rue d'Amsterdam.
Vous y arrivez, vers minuit, pour prendre le

train du Havre. Il vous descend à Vernon, où l'enfant passe le reste de la nuit, et, le lendemain matin, les employés de la gare assistent à votre départ pour Caen. Vous me suivez, n'est-ce pas?

— Attentivement, Monsieur.

— A Caen, deux personnes signalent votre présence : un loueur de voitures et le domestique d'une de vos amies.

— Quelle amie?

— Madame Vitel. Ne la connaissez-vous pas?

— Au contraire. Mais ses domestiques me connaissent à peine, et celui dont vous parlez s'est trompé.

— Nous le confronterons avec vous. De Caen vous gagnez le Havre par le bateau à vapeur, vous débarquez vers six heures, et vous courez rejoindre un navire anglais sur lequel vous obtenez de passer la nuit.

Il vous conduit à l'île de Wight, dans la ville de Cowes, où cette fois vous passez six semaines. Ce temps écoulé, vous repartez pour la France. Après une courte station au Havre, à l'hôtel de Normandie, rue de Paris, vous allez visiter les environs de Trouville. Enfin une voiture particulière vous conduit à Honfleur et, par différents embranchements, vous gagnez le Mans, où vous passez deux jours à l'hôtel.

A partir de cette époque, nous perdons absolument vos traces ; je vous fais cet aveu, sans la moindre hésitation, parce que les preuves que je viens de vous donner suffisent, et bien au delà, pour vous envoyer en cour d'assises.

Voici, du reste, la liste des témoins qui auront à s'expliquer sur votre compte : Madame de Baud, M. de Prades, M. de Saire, vous ne le connaissez peut-être pas, mais vous lirez plus tard sa déposition ; M. Richard, votre ancien amant et le père de votre fille Jeanne... Ah ! vous n'avez pu réprimer un mouvement de surprise. Il vous est difficile, en effet, de comprendre comment ces détails intimes me sont parvenus. Encore un peu de patience et vous serez édifiée... Je lis ensuite les noms de Madame Antonia Manos, de sa bonne, des deux cochers dont je vous ai parlé, huit employés de chemin de fer, du capitaine et du steward anglais, du maître de l'hôtel de Cowes. Un habitant de Villerville, trois de Trouville, trois du Havre, et le loueur de voitures de Caen, le capitaine du bateau à vapeur, le maître de l'hôtel de France au Mans complètent cette liste. Je ne me souviens pas d'avoir jamais recueilli contre un seul prévenu tant de témoignages accablants.

XXXVII.

Mademoiselle Lelièvre avait écouté, en silence, cette longue nomenclature, mais, depuis un instant, son front s'était rembruni, son regard devenait inquiet, son teint paraissait plus

jaune que de coutume. Il se faisait, en elle,
évidemment, une sorte de révolution d'autant
plus violente qu'elle était plus contenue. Le
juge d'instruction remarqua ces changements,
ils lui parurent de bon augure pour le but
qu'il se proposait d'atteindre et il résolut de
frapper, séance tenante, le dernier coup.

— Je ne vous ai donné, jusqu'ici, Mademoiselle, dit-il à Carmen, que les preuves ma-
térielles de votre crime. Il en existe d'autres,
d'un genre différent, mais très-précieuses
aussi. C'est vous-même qui me les fournissez ;
je les trouve dans vos mémoires.

— Mes mémoires ! s'écria Carmen qui, cette
fois, ne put cacher son émotion.

— Oui, reprit le juge d'instruction, vos mémoires, tirés à plusieurs exemplaires et en-
voyés à deux femmes du monde que vous avez
cruellement persécutées : Mesdames de Tourves et de Roizel. Voici l'un de ces manuscrits. Je ne vous demande même pas de le
reconnaître, cela m'est indifférent. Il suffira

19

d'en donner connaissance aux jurés, à titre de
document, car je ne dirigerai pas l'instruction
de ce côté. Dans ces mémoires, vous ne
parlez pas, je l'avoue, de votre projet d'enlever
l'enfant de Madame de Baud ; mais cette intention ressort de tous vos actes, et surtout
des sentiments que vous inspirent Madame de
Baud et M. de Prades, sur le compte desquels
vous vous expliquez longuement. Dans le
où vous seriez tentée de nier que ces
mémoires fussent les vôtres, nous invoque-
rions le témoignage de Madame Vitel, qui s'y
trouve mêlée à chaque page, et d'un nommé
Richard qui les a copiés sur votre propre
manuscrit.

Il me reste, maintenant, à vous dire, que si
je viens de parler longuement, contre toutes les
habitudes d'un juge d'instruction qui, d'ordinaire, fait parler plutôt qu'il ne parle, c'était dans
le but d'établir que nous avons, contre vous,
des armes terribles et que, dans votre intérêt,
vous devriez vous décider à faire des aveux.

— Pourquoi? dit Carmen, redevenue maîtresse d'elle-même, ces aveux me paraissent
inutiles.

— Vous reconnaissez donc que les preuves
réunies contre vous sont suffisantes?

— Entièrement.

— C'est un aveu cela.

— C'est un aveu, soit! Oh! je ne chicanerai
pas sur ce point. La façon dont vous m'avez
interrogée, ou plutôt dont vous m'avez parlé,
Monsieur, car je n'ai pas dit grand'chose, me
prouve que vous m'avez jugée très - intelligente.

— Très-intelligente, en effet, Mademoiselle.

— Eh bien, Monsieur, je suis incapable de
me donner une peine infinie, un mal inutile,
pour combattre tous ces témoignages et toutes
ces preuves. Je déclare donc, et je suis prête,
au besoin, à signer cette déclaration, que c'est
moi, Carmen Lelièvre, qui, le 12 juin dernier,
ai enlevé, aux Champs-Élysées, la fille de
Monsieur de Prades et de Madame de Baud.

Maintenant, Monsieur, j'attends vos autres questions, et, comme je les devine, je tremble de ne pouvoir y répondre.

Le juge d'instruction avoua, plus tard, qu'il fut effrayé, lui qui ne s'effrayait pas facilement, de l'énergie avec laquelle Carmen Lelièvre manifesta son projet de ne pas s'expliquer sur certains points.

Il reprit, cependant, l'interrogatoire, sans paraître se douter des difficultés de sa tâche.

— Vous auriez, Mademoiselle, fit-il, un grand intérêt à me répondre avec sincérité. Votre position est des plus graves, sans doute, mais il dépend de vous de l'améliorer. Je ne fais pas luire à vos yeux l'espoir d'un acquittement complet. Ma conscience ne me permet pas de vous tromper et, si je vous demande de la franchise, je dois vous en montrer. Le crime dont vous vous êtes rendue coupable a soulevé l'indignation publique ; les jurés qui devront prononcer sur votre sort se montreront sévères ; vous serez déclarée coupable, tout me

porte à le croire. Mais, vos révélations
auront pour conséquence de vous faire obtenir des circonstances atténuantes. J'attends donc que vous me disiez dans quel
lieu vous avez laissé, pour venir à Paris,
la fille de Madame de Baud. Ma demande
ne peut vous surprendre ; vous l'aviez certainement prévue.

— Si bien prévue, Monsieur, que je vous ai
prié de ne pas compter sur moi.

— Alors vous refusez de me répondre.

— J'ai ce regret.

— Prenez garde !

— Oh ! je sais à quoi je m'expose. J'ai tout
calculé, tout pesé depuis longtemps. Lorsque,
obéissant à un mouvement irrésistible, j'ai
quitté ma retraite, pour me rendre à Paris, je
me suis dit que je pouvais y être arrêtée, et
j'ai pris aussitôt la résolution, dans le cas où
cet... accident m'arriverait, de ne jamais vous
livrer celle que vous recherchez.

— Pourquoi? demanda le juge d'instruction.

— Je ne saurais vous le dire, Monsieur,
vous ne me comprendriez pas. Si vous voulez
de plus amples renseignements, vous en trouverez peut-être dans mes mémoires.

— Je les connais, ils m'ont édifié sur votre
compte, fit le magistrat qui, se souvenant qu'il
était père, ne put s'empêcher d'ajouter avec
une certaine animation : Vous poursuiviez une
vengeance monstrueuse, car elle frappe des
innocents, cette pauvre petite créature, d'a-
bord.

— Oh ! interrompit Mademoiselle Lelièvre,
je ne l'ai pas rendue malheureuse ; elle était
trop jolie !

Cette réponse, que le caractère de Carmen
expliquait si bien, parut curieuse au juge
d'instruction ; il en prit note.

— Et Madame de Baud, continua-t-il, que
vous a-t-elle fait ?

— Un mal horrible, répliqua Mademoiselle
Lelièvre, que son sang-froid abandonnait aussi.
Elle m'a enlevé le seul homme qui m'ait plu et

auquel j'aurais fini par plaire, s'il ne l'avait
pas aimée. Je me vengerai d'elle jusqu'au
bout, je me vengerai de M. de Prades et,
dans la prison où vous m'enverrez, je savou-
rerai ma vengeance, je me délecterai de leurs
douleurs. Je souffre par eux depuis cinq ans,
moi! Ils souffrent par moi seulement depuis
quelques semaines. Ce n'est pas assez! Leur
dette n'est pas payée!

XXXVIII

Le juge d'instruction ne songeait pas à l'interrompre; il lui permettait d'élever la voix, de
gesticuler, de marcher dans son cabinet. « On
pourrait, se disait-il, faire une curieuse étude
sur cette femme, intelligente, calme, souple,
adroite et fine, lorsque certaines questions sont
écartées de l'entretien; emportée, ardente, pas-
sionnée, violente, dès qu'on touche à certaines
cordes. Si j'étais son avocat, au lieu d'être son

juge, je plaiderais la folie ; elle ressemble à
la plupart des aliénés, dociles et raisonnables,
la moitié du temps, furieux, l'autre moitié,
quand un souvenir irritant jaillit de leur cer-
veau malade. »

Il interrompit l'interrogatoire, fit reconduire la prévenue dans sa cellule, et parut l'y
oublier plusieurs jours, afin de lui laisser le
temps de se calmer et de réfléchir. Cette pré-
caution fut inutile ; au bout d'un mois, il n'a-
vait obtenu, de Carmen Lelièvre, aucune concession. Alors, dans la pensée que diverses
personnes pourraient avoir de l'influence sur
cet esprit rebelle, il permit de voir la prévenue, à tous ceux qui lui en firent la demande.

Madame Vitel se rendit aussitôt auprès de
Carmen; malgré son incomparable adresse, elle
ne put triompher des résistances qu'on lui opposa.

L'idée vint à Richard d'amener la petite
Jeanne à sa mère. Mademoiselle Lelièvre, au lieu

de s'attendrir, comme on l'espérait, refusa
d'embrasser l'enfant.

Marcelle de Baud, accompagnée de Madame
de Saire, eut le courage d'aller implorer
Carmen. Celle-ci fut inexorable. Cependant,
comme Marcelle, au moment de sortir, sup-
pliait encore :

— Eh bien, envoyez-moi votre M. de Prades,
dit la prisonnière ; nous verrons.

Didier accourut, sans hésiter. Mais, dès
qu'elle l'aperçut, Carmen s'élança vers lui
comme une furie et, sans même vouloir l'entendre, sans se préoccuper du père qui réclamait son enfant, elle lui fit une scène violente,
elle l'accabla de telles injures, que les gardiens de la prison durent accourir et mettre
fin à l'entrevue.

Tous les efforts avaient été tentés, sans aucun résultat. M. de Saire, en visite, un jour,
chez le préfet de police, ne put s'empêcher de
lui dire que l'obstination de Carmen venait, sans
aucun doute, de son excessive irritation. Rendue

à la liberté, elle consentirait, peut-être, à parler.

— En somme continua-t-il, qui se trouve lésé ? Madame de Baud. N'a-t-elle pas le droit de retirer sa plainte contre Mademoiselle Lelièvre ?

— Il n'y a pas, répondit le préfet, de désistement qui puisse empêcher de poursuivre un crime de suppression ou d'enlèvement d'enfant. Dans ces sortes d'affaires, au-dessus des questions privées, planent les questions d'ordre public et de conservation sociale. Les magistrats manqueraient essentiellement à leur devoir s'ils se laissaient toucher par une considération d'intérêt individuel.

— Mais, hasarda M. de Saire, ne pourrait-on point paraître, seulement, rendre la liberté à la prisonnière? Elle s'empresserait de regagner son mystérieux asile et on l'y arrêterait, de nouveau, après l'avoir fait suivre.

— Une ruse aussi grossière, répondit le préfet de police, ne réussirait pas avec Carmen

Lelièvre, qui devinerait nos projets, et se gar-
derait bien de retourner au gîte. Elle serait
même capable de nous échapper entièrement,
ce qui, vous l'avouerez, ne pourrait faire le
compte du juge instructeur et de l'avocat général, dont le réquisitoire est tout prêt. J'ajou-
terai, mon cher ami, que si la position de
Madame de Baud mérite toutes nos sympathies,
les prévenus et les accusés, tant que le jury ne
s'est pas prononcé sur leur compte, ont droit
à certains égards. Ce serait en manquer, vis-
à-vis d'eux, que de leur laisser croire qu'ils
sont libres, lorsqu'il ne nous appartient pas
de leur rendre la liberté.

M. de Saire dut renoncer à ses idées, qu'il
avait, du reste, soumises, par acquit de conscience, au préfet de police. Se rappelant l'opinion de Madame Vitel, il n'espérait plus,
depuis longtemps, que dans les recherches
auxquelles il ne cessait de se livrer.

Elles furent infructueuses et on arriva au
20 janvier, époque fixée pour le procès de

Carmen, sans avoir fait la moindre découverte.

XXXIX

Cette affaire avait eu trop de retentisse-
ment, pour ne pas attirer, au Palais-de-Justice,
une foule considérable qui, du reste, en fut
pour ses frais de curiosité : le banc des avo-
cats stagiaires se trouvant au grand complet,
aucun intrus ne put s'y glisser, et les places
réservées, d'ordinaire, sur les banquettes, suf-
firent, à peine, aux nombreux témoins cités par
le ministère public.

Quelques rares privilégiés parvinrent seuls
à se cacher derrière la Cour, ou bien, proté-
gés par les municipaux de service, se mêlè-
rent, dans le fond de la salle, au public habituel des cours d'assises, composé, en grande
partie, de futurs criminels, désireux d'étudier
sur le vif le Code pénal.

Carmen ne parut pas s'émouvoir de tous les
regards dirigés sur elle, dès son entrée dans
la salle. Elle salua la Cour, les jurés, sourit à
son défenseur et chercha parmi les témoins des
personnes de connaissance.

Elle n'aperçut, contre son attente, ni
Madame de Baud, que le président, par respect
pour son infortune, autorisait à ne pas se présenter, ni ses premières victimes, Mesdames
de Roizel et de Tourves, qui n'avaient pas été
mises en cause, l'acte d'accusation ne contenant aucune allusion aux mémoires de Carmen
Lelièvre.

En revanche, elle aperçut Madame Vitel,
mais celle-ci, peu flattée d'être reconnue par
l'accusée, s'empressa de détourner la tête.
Elle se donnait, du reste, une peine inutile.
Carmen ne s'occupait déjà plus de son ancienne amie : M. de Prades venait d'apparaître et elle lui jetait un regard de défi
qui n'annonçait pas qu'elle se fût amendée, depuis leur dernière entrevue.

En effet, l'attitude de Mademoiselle Lelièvre,
en cour d'assises, fut ce qu'elle avait été devant
le juge d'instruction, à cette exception près
que, pendant les débats, son sang-froid ne se
démentit pas un seul instant.

Elle avoua, sans réticences, les faits qui lui
furent reprochés, et ne contesta pas, une
seule fois, les dépositions des témoins. Tous
la reconnurent et elle mit la meilleure grâce
du monde à se laisser reconnaître.

Mais, lorsque le président des assises vint à
l'adjurer de faire connaître les lieux où elle
avait caché la fille de Madame de Baud, elle
refusa de répondre.

Les raisonnements et les prières n'eurent
aucune influence sur elle. L'avocat général,
ayant cru devoir lui dire que son silence autorisait tous les soupçons et qu'on pouvait l'accuser d'avoir fait périr l'enfant enlevée, elle
répondit, dans les meilleurs termes, et
une parfaite connaissance de la loi, que
pour l'accuser de ce nouveau crime, le

fait de la disparition de l'enfant ne suffisait pas,
qu'on ne pouvait tirer de son refus de s'expliquer aucune induction légitime, et rien de ce
qui constituait une de ces preuves dont la
justice ne saurait se passer.

Quant au défenseur, certain de perdre sa
cause, si Mademoiselle Lelièvre s'obstinait à
garder le silence, il crut, pour obtenir des
aveux, devoir se livrer aux plus grands effets
oratoires. Dans le cours de sa plaidoirie, il se
tourna brusquement vers l'accusée et s'écria :

— Tous les témoins cités par le Ministère
public, et que nous avons été tentés de prendre
pour des témoins à décharge, ont affirmé, sur
l'honneur, que jamais ils ne vous avaient vue
maltraiter cette enfant. Non-seulement, di-
saient-ils, vous ne la maltraitiez pas, mais vous
l'entouriez de soins : ils vous ont surprise la
pressant dans vos bras, la couvrant de baisers... Vous l'aimez donc! Vous l'aimez comme
si vous étiez sa mère! Eh bien! songez à la
position dans laquelle elle se trouve aujour-

d'hui. A qui l'avez-vous confiée? Qui veille auprès de cette frêle créature ? Personne : elle est à la merci d'un étranger, d'un mercenaire prêt à l'abandonner.

Carmen l'interrompit pour s'écrier :

— On n'abandonne pas une enfant comme celle-là... quelqu'un prendra soin d'elle!

Elle persistait dans son admiration pour Louise, mais, en même temps, dans son obstination.

Le défenseur, à bout de ressources, abandonna la question de fait pour discuter la question de droit. Il prétendit que l'article 345 du Code pénal, sur lequel reposait l'accusation, ne pouvait légalement s'appliquer à Carmen Lelièvre.

— Cet article, dit-il, se trouve compris dans la section des crimes et délits, tendant à empêcher, ou à détruire, les preuves de l'état civil d'un enfant. Il s'occupe du trouble social produit par leur destruction et ne vise aucune autre intention criminelle. Ma cliente a-t-elle

donc voulu substituer la fille de Madame de
Baud à une étrangère, la faire passer pour un
autre enfant, lui donner un nouvel état civil?
Non. Aussi ne doit-elle pas être frappée par
cet article. S'il m'arrive de chercher, dans
le Code pénal, un paragraphe qui la concerne,
je ne le trouve pas, et j'affirme qu'il n'a jamais
existé. N'est-il pas juste de faire bénéficier
Carmen Lelièvre du silence de la loi?

L'avocat général combattit, dans sa réplique,
cet argument trop ingénieux d'un défenseur
aux abois. Il établit que ledit article 345, s'il
protégeait l'enfant contre les crimes qui com-
promettaient son état civil, le protégeait aussi
contre les attentats dont il pourrait souffrir
dans sa personne, et que l'enlèvement était au
nombre de ces attentats.

Il conclut, en terminant, à l'application la
plus sévère de la loi.

Alors le président résuma les débats, et,
profitant de l'émotion qui s'empare de toute
audience, à ce moment solennel où le jury va

se prononcer sur le sort de l'accusée, il crut
devoir faire une dernière tentative auprès de
Carmen.

Il la supplia de ne pas s'aliéner ses juges,
de mériter leur indulgence, de se laisser toucher, non point par des menaces, mais par une
dernière prière. Il évita, pour qu'elle pût oublier
son ressentiment, toute allusion à Madame de
Baud et à M. de Prades. Il ne lui parla
que d'elle-même, de son avenir, des désespoirs
de la prison, des joies que procure la liberté.
Pour la convaincre et l'attendrir, le magistrat ne
craignit pas de s'effacer; c'était l'homme qui parlait avec éloquence et conviction. Tout l'audi-
toire fut profondément impressionné. Carmen
seule conserva le calme le plus complet.

Le jury ne délibéra que pendant dix minutes
et déclara l'accusée coupable sur toutes les
questions.

Il fut muet au sujet des circonstances atténuantes.

La Cour, en vertu de l'article 345, déjà cité,

qui prononce la peine de la réclusion contre les individus coupables d'enlèvement d'enfant et de l'article 21 du Code pénal, ainsi conçu :

« Tout individu, de l'un ou de l'autre sexe, condamné à la peine de la réclusion, sera renfermé dans une maison de force et employé à des travaux, dont le produit pourra être en partie appliqué à son profit, ainsi qu'il sera réglé par le Gouvernement. La durée de cette peine sera au moins de cinq années et de dix ans au plus »

Condamna Carmen Lelièvre à dix années de réclusion.

Elle s'attendait à une peine sévère, mais elle ne croyait pas, sans doute, que le maximum lui serait appliqué, car on la vit pâlir, lorsqu'elle entendit ces mots : dix ans de réclusion.

Puis, tout à coup, au moment où le président levait l'audience, elle se tourna vers M. de Prades et s'écria furieuse :

— Eh bien ! vous attendrez dix ans votre fille !

XL

. Carmen Lelièvre fut dirigée, pour y subir sa peine, sur la maison centrale de Clermont, dans le département de l'Oise. Avant de l'y rejoindre nous croyons devoir donner quelques détails sur les maisons centrales, dont le public connaît très-imparfaitement l'organisation.

Celles consacrées aux hommes, contiennent les condamnés à un emprisonnement d'un an et au-dessus, les condamnés à la réclusion, les détentionnaires, catégorie toute spéciale et quelques forçats sexagénaires. Mais la peine des travaux forcés s'expie dans la Nouvelle-Calédonie, aujourd'hui que les bagnes de Toulon et de Brest n'existent plus et que la Guyane semble abandonnée, comme lieu de transportation, pour cause d'insalubrité.

Il n'existe, au contraire, pour les femmes qu'un genre d'établissement pénitentiaire : la maison centrale de force et de correction, où les simples condamnées à un an de prison, pour un délit, vivent côte à côte avec les réclusionnaires, les condamnées aux travaux forcés à temps et à perpétuité, et même les condamnées à mort qui ont obtenu une commutation de peine.

Nous ne nous croyons pas autorisé à nous élever contre cette dangereuse promiscuité. Nos législateurs, et parmi eux un homme d'esprit et de cœur, M. le vicomte d'Haussonville, la signale dans un récent rapport, et les questions délicates qu'elle soulève font l'objet des études constantes d'un fonctionnaire éminent, M. Jaillant, inspecteur général, directeur des prisons.

Quelques mesures même ont été récemment adoptées dans le sens de la séparation : la maison centrale de Melun est aujourd'hui maison de force, celle de Poissy, maison de correction.

Comme on le voit, il ne s'agit toujours que des maisons centrales d'hommes ; les femmes n'ont encore bénéficié d'aucun changement.

Grâce, cependant, à l'intelligente initiative de
M. Baille, directeur de Clermont, une amé-
lioration s'est introduite dans sa maison.
On y a institué des quartiers, dits d'amendement et de préservation, ayant pour but de
soustraire aux mauvais conseils, aux mauvais
exemples, et à la corruption générale, quelques
détenues animées de meilleurs sentiments que
leurs compagnes.

Mais il ne s'agit pas ici de la gravité de la
peine : toutes sont égales devant le repentir
ou les bonnes dispositions à l'amendement, et
les correctionnelles obtiennent aussi bien d'entrer dans le quartier privilégié que les criminelles. Nous dirons même que ces dernières y
sont en majorité, et l'explication en est bien
simple : les attentats aux mœurs, beaucoup de
meurtres et la plupart des infanticides, sont le
résultat de l'effervescence des passions, plutôt
que de la perversité instinctive ou calculée. En
prison, les passions qui provoquent au crime,
s'éteignent ou deviennent moins intenses, tan-

dis qu'au contraire les faiblesses de caractère,
les habitudes mauvaises, qui conduisent seulement au délit, subsistent et quelquefois s'aug-
mentent.

La maison centrale de Clermont, située au
sommet de l'immense coteau sur lequel s'étage
la ville, domine la magnifique vallée de l'Oise.
Des ateliers et des dortoirs, on embrasse une
étendue de plus de vingt lieues, et l'on jouit
d'une des plus belles vues qu'on puisse ima-
giner. Un de nos anciens ministres, en tournée
d'inspection dans cet établissement pénitentiaire, et à qui l'on faisait remarquer la beauté
du site, crut devoir s'écrier :

— Ce spectacle est une aggravation de
peine pour les détenus ; ils sont condamnés au
supplice de Tantale !

Ce ministre voudrait-il donc, par humanité,
faire revivre les anciennes bastilles et donner
pour tout horizon aux prisonniers les pierres
de taille de leur cachot ?

C'est dans l'ancien château féodal, construit

par Charles le Chauve, que se trouve aujour-
d'hui la prison, mais des bâtiments nouveaux
y ont été annexés. L'infirmerie, la plupart des
ateliers et des dortoirs, le préau, n'ont rien de
féodal et ne sauraient inspirer de la tristesse.
Lorsqu'on les visite, en plein jour, on est
tenté de se croire dans une caserne et, le soir,
en hiver, quand tous les ateliers sont éclairés,
l'étranger qui arrive à Clermont, prend son
établissement pénitentiaire pour une manu-
facture.

Nos maisons centrales sont, en effet, des
manufactures dont les ouvriers ne sont pas
libres. Le travail y est obligatoire et dirigé par
un entrepreneur qui se charge de l'entretien
des détenus, à la condition que le produit de
leur travail lui appartienne, dans certaines
limites : le tiers de l'argent gagné par un
prisonnier doit, en principe, lui revenir, mais
ce tiers se trouve diminué, suivant le degré
de pénalité et le nombre de récidives. Cependant, les plus grands coupables et les

récidivistes les plus acharnés, ne peuvent toucher moins du dixième de ce qu'ils rapportent
à l'entrepreneur. Ce pécule, conservé aux détenus, par le cahier des charges, se divise en
pécule disponible qu'ils dépensent à la cantine
pour améliorer leur alimentation et en pécule
de réserve, qui leur est remis, à l'expiration
de leur peine. Le gain dépend de l'habileté de
l'ouvrier, de l'industrie à laquelle il est employé, et du prix général de la main-d'œuvre,
dans le département où est située la maison
centrale. Certains prisonniers gagnent, pour
leur propre compte, à peu près ce que gagne-
rait un ouvrier dans la vie libre, d'autres ne
dépassent pas une moyenne de trente et un
centimes par jour, dont dix-neuf appartiennent
au pécule disponible et douze au pécule de
réserve.

A Clermont, les femmes employées, en
grande partie, à la fabrication des chaussons
et des guêtres, sont armées de divers instruments qui pourraient, au besoin, devenir des

20

armes et, cependant, la force de la discipline
est telle que trente-deux sœurs de la Sagesse,
de l'ordre de Marie-Joseph, suffisent à la surveillance de plus de mille détenus. Il est
bien rare qu'elles aient recours à l'intervention
des gardiens qui, au nombre de cinq, font le
service extérieur de l'établissement et ne peuvent y pénétrer que sur la demande des sœurs
et sur l'ordre du Directeur.

Le silence le plus strict fait partie de la pénalité. Toute infraction à ce mutisme obligatoire
doit être sévèrement punie. Même pendant la
récréation qui n'est qu'une promenade dans le
préau, il est défendu aux femmes de communiquer entre elles. Elles marchent, l'une
derrière l'autre, sur un trottoir de soixante
centimètres de large et elles doivent laisser,
entre chacune d'elles, une distance de qua-
rante à cinquante centimètres. Les religieuses
veillent à l'observation du règlement, mais
elles ne sauraient, croyons-nous, empêcher les
détenues d'échanger, à la dérobée, quelques

mots, et d'ébaucher une confidence. Au dortoir, malgré les rondes fréquentes des sœurs et la surveillance des prévôtes, les femmes couchées, par longues files, dans des lits, à peine séparés les uns des autres, trouvent certainement aussi l'occasion de se confier quelques mystérieux secrets. Et, enfin, dans les ateliers, où le bruit des machines à coudre couvre et favorise les conversations particulières, on ne peut exiger des ouvrières un silence absolu.

Cependant, le règlement est observé dans de certaines limites, et, la plus grande faveur que l'on pourrait accorder aux détenus, serait de leur rendre, un instant, la liberté de la parole. Elles s'empresseraient, du reste, d'en abuser. Nous n'en voulons pour preuve que l'anecdote suivante, pour ainsi dire officielle.

M. Baille, invité aux fêtes de Compiègne en 1868, fut interrogé par l'Impératrice sur certains détails de la maison centrale qu'il dirige. Lo squ'il fut question du silence obligatoire :

— Pauvres femmes! Cette peine est bien

sévère, fit observer l'Impératrice Eugénie, je voudrais, Monsieur, que votre séjour ici, et mon entretien avec vous, leur servissent à quelque chose, et je vous demande de permettre à vos prisonnières de causer librement, pendant vingt-quatre heures.

M. Baille dut aussitôt donner des ordres en conséquence.

Les conversations particulières ne tardèrent pas, comme bien l'on pense, à s'organiser. Mais une heure après, on ne parlait plus, on s'interpellait. Bientôt les cris succédèrent aux interpellations, les têtes s'échauffèrent : toutes ces malheureuses, habituées au silence, se grisèrent de leurs paroles, comme un homme sobre, d'ordinaire, s'enivre avec un verre de vin. On se disputa, on se querella, on en vint aux mains, on se jeta des cruches à la tête, on refusa d'obéir aux religieuses, il fallut envoyer chercher les gardiens et alors on les accueillit par des cris de : Vive la République !

— Pour qu'on nous ait rendu l'usage de la

parole, s'étaient dit les détenues, il faut que de grands événements se soient passés : l'Empire doit être renversé et la République proclamée. Saluons cette nouvelle révolution.

Il fut difficile de leur persuader que l'Impératrice habitait toujours Compiègne et qu'elles devaient à son auguste intervention la faveur dont elles avaient abusé.

Les punitions qui peuvent être infligées, dans les maisons centrales, se réduisent à l'interdiction de la promenade dans le préau, la privation de faire usage de la cantine et de se rendre au parloir, la suppression de la correspondance, et enfin la mise en cellule, avec ou sans travail. Si cette dernière peine excédait un mois, ce qui est excessivement rare, le directeur devrait en référer au Ministère de l'Intérieur.

Une seule femme, à Clermont, subit sa peine en cellule, c'est la Quiniou, qui, après avoir essayé de mettre le feu à la prison de Rennes, sans réussir dans cette tentative, parvint, le 5

20.

juin 1871, à incendier la maison centrale de Vannes, au moyen de charbons encore ardents, déposés sous des paquets de chiffons secs. Une détenue mourut asphyxiée et l'établissement fut entièrement détruit.

La Quiniou, condamnée à mort par la cour d'assises du Morbihan, vit sa peine commuée en celle des travaux forcés à perpétuité, et fut dirigée sur Clermont. Elle aurait été, sans doute, confondue avec les autres détenues et vivrait côte à côte avec elles, si, dans la voiture qui la conduisait de la gare à la maison centrale, elle n'avait commis l'imprudence de dire, devant ses compagnes et leurs gardiens : « Ils n'ont qu'à se bien tenir, je brûlerai Clermont, comme j'ai brûlé Vannes.» Ce propos, répété à M. Baille, devait le faire réfléchir. Il demanda et obtint, par mesure de prudence, d'isoler l'incendiaire déjà récidiviste.

La cellule occupée par la Quiniou est située à l'entresol, au fond d'un large couloir, et dans l'ancien bâtiment, celui qui date du XIIe siècle.

Le jour y pénètre par une croisée de forme
ogivale, construite sous la voûte du vieil édi-
fice, mais une grille en fer isole la prisonnière,
de cette ouverture. Le mobilier se compose
d'un cadre en bois sur lequel, le soir seulement,
on pose une paillasse, et de deux chaises dont
l'une paraît servir de bibliothèque à la Quiniou,
car les sœurs chargées de la surveiller s'ap-
pliquent, en même temps, à la convertir, et lui
fournissent une foule de livres pieux. Elle ne
se plaint de personne et semble comprendre
la nécessité des mesures prises à son égard ;
elle affirme seulement qu'elle est revenue à
de bons sentiments. Mais l'hypocrisie règne
en souveraine dans les établissements péni-
tentiaires, et sans avoir aucune raison personnelle, pour douter de la sincérité de cette
détenue, nous comprenons qu'on ne veuille
pas encore la rendre à la vie commune. Peut-
être devra-t-on seulement songer, l'hiver
prochain (mais M. Baille, qui est l'humanité même, y songera certainement) à lui

procurer le moyen de se préserver du froid. La voûte, sous laquelle elle vit, si on peut appeler cela vivre, est humide et on n'ose pas mettre une incendiaire en possession d'un poële, ni même d'une chaufferette ; on se borne à lui donner des boules d'eau chaude, dont les mérites sont peut-être contestables. L'Écriture dit : « Quiconque se servira de l'épée, périra par l'épée » mais elle ne dit nulle part : celle qui se servira du feu périra par le froid.

Les peines ordinaires déjà citées (celle de la Quiniou est, nous le répétons, exceptionnelle) sont appliquées par une sorte de tribunal, appelé prétoire de justice disciplinaire, composé du directeur, de l'inspecteur des travaux et de la sœur directrice. Une autre sœur remplit l'office du ministère public, fait connaître l'infraction commise et requiert un châtiment. L'accusée prend alors la parole pour s'expliquer et se défendre.

Après ces séances, le directeur écoute, d'ordinaire, les demandes et les réclamations des

détenues, qui ne doivent jamais lui adresser la
parole quand il visite la maison.

Les condamnées sont transportées à Clermont,
par le chemin de fer, dans une voiture cellu-
laire. A la gare, leurs gardiens les font aussitôt
monter dans un omnibus qui gravit le coteau,
traverse la ville et s'arrête sur le plateau élevé
où se trouve la promenade publique. Une porte,
s'ouvre, au-dessus de laquelle on lit ces mots:
Maison centrale de Force et de Correction.
Elles sont arrivées au terme de leur voyage,
mais elles ne pénètrent pas encore dans la
prison proprement dite. On les fait entrer dans
une salle, où elles attendent, jusqu'au lendemain, la visite du médecin.

C'est une erreur de croire qu'on leur coupe
les cheveux. Elles peuvent conserver toutes
leurs tresses... les vraies bien entendu. Le
règlement les astreint seulement à prendre un
bain, puis à revêtir l'uniforme de la maison
qui se compose d'une robe de grosse laine
en hiver, et de coton en été, d'une chemise,

d'un jupon, d'un corset, de bas, de sabots, de chaussons, et d'une sorte de foulard, qu'on leur apprend à s'attacher sur la tête, et qui ressemble beaucoup au madras dont se parent aux colonies les négresses et les filles de couleur.

Sur la manche du bras gauche, est cousu un morceau de toile qui porte le numéro d'ordre de la condamnée et au-dessous le numéro du vestiaire. L'humiliation, réservée aux forçats, de passer à l'état 'de chiffres, leur est cependant épargnée ; elles conservent leur nom que l'on trouve inscrit, au réfectoire, sur une pancarte placée devant chaque banc. Les numéros amenaient des confusions regrettables et, dans la pratique, ils n'existent plus.

Le lendemain de leur arrivée, a lieu la visite du médecin ; celles qui pourraient avoir un germe quelconque de maladie sont envoyées à l'infirmerie. Cette partie de la maison est tenue avec un soin, un luxe de propreté vraiment incroyables. On se demande comment on arrive à faire reluire d'aussi vieux parquets et des

carreaux usés par l'empreinte de tant de pieds.
Hélas! la propreté ne suffit pas à égayer ce
triste asile. Rien n'est funèbre, à notre avis,
comme un hôpital de prison, où le malheureux
qui meurt, après une longue détention, ne voit
à son chevet aucun parent, aucun ami ; où
celui dont la guérison est prochaine sera privé
de toutes les douceurs de la convalescence et
regrette presque de guérir, quand il songe à
toutes les heures de prison qui lui restent encore
à faire.

Les femmes reconnues en bonne santé sont
immédiatement dirigées sur les ateliers, et voici
dès lors, leur existence.

Les détenues se lèvent et se couchent à des
heures différentes, suivant la saison. En hiver
elles descendent de leur dortoir à sept heures
pour n'y remonter qu'à neuf. Pendant l'été,
elles se lèvent, entre quatre et cinq heures, et
se couchent de sept à huit. Toute la journée se
passe dans les salles destinées au travail, à
l'exception des heures consacrées aux prome-

nades dont nous avons parlé, aux repas, aux offices, les jours de fête, aux classes faites à certaines détenues.

Chaque atelier est surveillé par une ou deux sœurs, placées dans des espèces de tribunes ou de chaires d'où elles peuvent dominer l'assistance. Au milieu des immenses salles qui servent de réfectoire, on retrouve aussi ces tribunes où les sœurs de la Sagesse font des lectures à haute voix, pendant toute la durée du repas. Ces lectures publiques ne sont pas un empêchement aux lectures privées : au-dessous des tables du réfectoire ont été ménagées des espèces d'armoires ou de pupitres, dans lesquels chaque femme renferme son couvert, son écuelle, et souvent un livre prêté par la bibliothèque de la maison. La nourriture se compose de soupe maigre au pain, de bouillon gras, deux fois par semaine, et de légumes secs, auxquels on ajoute, le jeudi et le dimanche, soixante-quinze grammes de viande. Le vin est absolument proscrit des maisons centrales. Cet ordinaire est, comme on le voit, des plus frugaux, mais il ne faut pas oublier que les détenues peuvent, sur leur demande, trouver au réfectoire, devant leur place, des vivres supplémentaires, fournis par la cantine, qui devient ainsi un encouragement au travail.

Cette existence, dont nous avons essayé de donner une idée au lecteur, ne lui paraît peut-être pas terrible, au premier abord. Cependant, certains accusés ne craignent rien tant que ce qu'ils appellent l'envoi à la Centrale. « D'après tous nos renseignements, une chose surtout les effraye, dit M. le vicomte d'Haussonville, et, au point de vue de la connaissance morale de leur caractère, le fait peut paraître instructif: c'est la monotonie. Pour ces gens qui ont été entraînés au mal, les uns par la fougue de leur tempérament, les autres par leur inertie et leur mollesse, rien ne paraît plus rigoureux qu'une existence contenue et régulière dans l'activité. Échanger une vie qui, pour le plus grand nombre, a été entremêlée de pri-

vations et de désordres, de paresse et d'aven-
tures, contre une vie dont pas une journée
n'est différente de l'autre, dont pas une
heure n'est laissée sans emploi tracé d'avance,
dont pas un moment n'est livré au hasard et à
la fantaisie, c'est un supplice moral qu'ils
redoutent plus que la rigueur du châtiment. »

XLI.

Ce ne fut pas seulement la monotonie de sa
nouvelle existence qui désespéra Carmen, ce
fut aussi l'uniformité des objets qui l'entouraient, de ces bancs, de ces instruments de
travail, de ces longs couloirs, de cette cour où
elle tournait sans cesse dans le même cercle,
de ces murs glacés. Ce fut, surtout, l'uniformité
d'expression remarquée sur le visage des femmes, ses compagnes, cette éternelle reproduction du type pénitentiaire, composé d'hypocrisie, de soumission et de ruse.

S'il ne s'était agi que de la bassesse de ces physionomies, des vices qui semblaient gravés sur chacune d'elles, Carmen y aurait peut-être trouvé son compte ; elle ne pouvait craindre que ses rares vertus fussent en mauvaise compagnie. Mais, c'était la vulgarité de ces types qui devait l'exaspérer. Toutes ces laideurs, ces défectuosités physiques, ces gestes grossiers, ces allures ignobles choquaient ses idées et ses instincts. Pervertie, mais délicate et fine, laide, mais distinguée de manières, elle devait éprouver un terrible dégoût pour le milieu où elle se trouvait. Ici surtout, l'inégalité de la peine est flagrante et certains condamnés sont plus cruellement frappés que les autres.

Carmen espéra, pendant quelques jours, découvrir une femme de sa condition, avec qui elle aurait pu frayer. Elle était si peu formaliste, au point de vue de la moralité, qu'elle chercha cette fameuse Madame Frigard, condamnée à perpétuité, vers cette époque, pour avoir empoisonné une de ses amies dans la

forêt de Fontainebleau. Mais la Frigard avait
été dirigée sur la maison centrale d'Auberive
et le directeur de Clermont ne semblait pas
disposé à la réclamer comme pensionnaire. Il
se rappelait les ennuis que lui avait autrefois causés une femme de sa condition,
Mademoiselle Doudet, l'institutrice anglaise,
à laquelle la cour d'assises infligea dix
ans de réclusion en échange des tortures
exercées sur plusieurs enfants confiés à sa
garde.

Jamais détenue ne fut plus insupportable,
parce que jamais détenue ne fut plus protégée.
Un pasteur protestant, un ambassadeur, trois
ministres, un lord, une tête couronnée, se sont
successivement intéressés au sort de cette créature. On recevait, tous les jours, à Clermont,
quelque lettre, où l'on réclamait, pour elle, une
nouvelle faveur. Sollicité de toutes parts, circon-
venu, obligé même d'obéir à des ordres for-
mels, le directeur dut séparer Mademoiselle
Doudet des autres femmes, lui donner comme

chambre la pièce qui sert maintenant de dortoir aux accouchées et permettre à Madame
Poulain, la femme de l'entrepreneur des travaux, de lui servir des aliments recherchés.
Mais, au nom de la discipline, il avait enfin
obtenu d'être débarrassé de Mademoiselle Doudet, et c'est pourquoi Carmen eut le regret de
ne pouvoir faire sa connaissance.

Mademoiselle Lelièvre, qui n'avait aucun
protecteur, dut se plier à tous les règlements de
la maison.

Pendant les premiers mois de sa détention,
les sœurs n'eurent pas à se plaindre d'elle. Sa
nouvelle existence lui était antipathique, mais
l'intéressait sous plusieurs rapports, piquait sa
curiosité; ses compagnes lui étaient odieuses,
mais elle les étudiait en artiste, comme un
étranger qui a obtenu la faveur de visiter une
prison.

Cette docilité, à laquelle on ne s'attendait
pas, d'après les notes reçues de Paris sur son
caractère, lui valut quelques faveurs : au lieu

do l'obliger à faire des chaussons, on lui confia des écritures. Assise dans l'atelier, à une petite table séparée, elle prenait des notes et tenait des livres.

Bientôt, pourtant, le découragement, le dégoût s'emparèrent de Carmen; elle eut des impatiences, des colères et des révoltes. On dut lui infliger les punitions d'usage; elle n'en fut que plus exaspérée. Mais, lorsqu'on songeait à prendre contre elle des mesures de rigueur, il se produisit, tout-à-coup, une nouvelle transformation dont voici la cause :

Elle avait lu, sur une pancarte collée aux murs du réfectoire les lignes suivantes :

Transportation des femmes à la Nouvelle-Calédonie.

« La *Virginie*, partie de Toulon le 19 juin 187., a
« transféré à la Nouvelle-Calédonie un convoi de vingt-
« cinq femmes, sortant des maisons centrales de
« France. Arrivées, le 24 novembre suivant, dans la
« colonie, ces femmes ont été dirigées sur l'éta-
« blissement agricole de Bourail. Elles n'ont pas

« tardé à être .....andées en mariage par les trans-
« portés concessionnaires, qui étaient en mesure de
« subvenir à l'entretien d'une famille et, dès le 22 fé-
« vrier, quinze mariages étaient célébrés le même jour.

« Chaque femme a été pourvue, à son entrée en
« ménage, d'un trousseau fourni par l'administration.

« Les maris, soit comdamnés en cours de peine, soit
« libérés, sont à la tête d'une concession de terre en
« culture et logent, avec leur femme, dans des maisons
« qu'ils se sont construites. Le profit de leur travail
« suffit pour assurer l'existence et l'entretien du mé-
« nage. »

Cette lecture avait ouvert à Carmen des hori-
zons nouveaux. Si on était, autrefois, venu lui
dire qu'elle allait s'embarquer sur un bâtiment
de l'État, être parquée dans la cale, ne pouvoir
respirer sur le pont qu'à des heures détermi-
nées ; que, débarquée enfin, après une traversée
des plus cruelles et des plus longues, elle serait
encore soumise à des règlements sévères et ne
jouirait que d'une liberté des plus incomplètes,
elle aurait jeté les hauts cris. Mais, en vertu
de cet axiome que tout est relatif, Carmen

bondissait de joie à la pensée de quitter Clermont, de voyager, de voir un pays nouveau
dont la végétation rappelait celle du Brésil, de
vivre au grand air, sous un ciel bleu, et non
loin d'une mer splendide. Elle souriait, peut-
être aussi, à l'idée d'un mariage avec quelque
transporté. Elle aurait le bon goût de ne pas
s'occuper du passé de son mari, et de n'être
pas trop exigeante sous le rapport de la moralité. Elle n'exigerait même pas, de lui, une
exquise distinction et des manières parfaites;
elle ne prendrait garde qu'à ses avantages
physiques et se montrerait seulement sévère
au point de vue de la jeunesse et de la beauté.

Ces nouvelles idées s'emparèrent de Mademoiselle Lelièvre, avec tant de violence, qu'elle
prit aussitôt des renseignements sur les for-
malités à remplir pour être transportée. On lui
dit que l'administration encourageait ces départs, mais qu'elle tenait à leur donner le caractère d'une faveur toute spéciale, et c'est
alors qu'on la vit redevenir ce qu'elle avait

été, dans les premiers temps : docile et soumise.

Lorsqu'on fit passer, dans les ateliers, une
liste, sur laquelle les détenues séduites par la
Nouvelle-Calédonie, pouvaient s'inscrire, Carmen s'empressa d'y mettre son nom. Elle savait qu'il faut environ un mois au Ministère
de l'Intérieur et au Ministère de la Marine, pour
faire une enquête sur chaque postulante, et
s'assurer qu'elle remplit les conditions exgi-
gées, qui sont de n'être ni mariée, ni âgée de
plus de trente-cinq ans au maximum, de
n'avoir pas de famille qui s'oppose au départ,
et de jouir d'une bonne santé. Aucune de ces
exigences administratives ne pouvait effrayer
Mademoiselle Lelièvre. Elle attendit donc,
sans aucune inquiétude, une réponse à sa
demande.

Enfin, on lut, un jour, au réfectoire, la liste
des détenues agréées par le Ministère de la
Marine.

Carmen, attentive et émue, écoutait.

Tout à coup, la sœur s'arrêta. La liste était épuisée et le nom de la détenue Lelièyre ne s'y trouvait pas.

Carmen fut sur le point de s'évanouir, tant sa déception fut cruelle.

La lecture avait eu lieu le matin d'un jour de prétoire Mlle Lelièvre obtint de se rendre à l'audience, et lorsque le Directeur la fit avancer, elle le pria de vouloir bien lui dire pour quel motif on n'avait pas accueilli sa demande d'être transportée. Le Directeur aurait désiré ne pas s'expliquer à ce sujet : homme de cœur et homme d'esprit, il sait ménager l'amour-propre féminin de ses pensionnaires. Mais Carmen devenant pressante, il craignit, s'il ne lui disait pas la vérité, de laisser subsister en elle de dangéreuses illusions, d'augmenter l'irritabilité nerveuse contre laquelle on avait été si souvent obligé de sévir, et il finit par avouer que le Ministère de la Marine avait craint qu'elle ne pût trouver à se marier en Nouvelle Calédonie.

— Pourquoi ? demanda Carmen. Et, comme on hésitait à lui répondre, frappée d'une idée subite, elle s'écria tout-à-coup : Est-ce parce que je suis trop laide ?

Le Directeur garda le silence et s'éloigna.

Il n'y avait pas à en douter, on la trouvait trop laide pour lui permettre d'épouser un forçat !

Cette laideur qui l'avait déjà rendue si malheureuse, qui l'avait perdue, la poursuivait jusque dans sa prison, s'acharnait après elle, l'accablait, la terrassait !

Son désespoir, sa colère, sa rage se traduisirent si violemment qu'on dût la mettre en cellule.

Pour peu qu'elle l'eût voulu cependant, le Ministère serait revenu sur sa décision. Il aurait suffi d'une lettre adressée à M. de Prades et conçue en ces termes : « Je suis prête à vous faire connaître la retraite où j'ai caché votre enfant. Mais service pour service : obtenez mon départ pour la Nouvelle-Calédonie. »

Le Ministère de la Marine, par pitié pour
Madame de Baud, eût certainement fait avec
Carmen ce marché que le Ministère de la Justice n'aurait pas pu conclure. Il ne s'agissait
pas ici d'une commutation de peine, mais d'une
simple faveur administrative, et quelle faveur !

Mais, si Carmen brûlait du désir de quitter
Clermont, elle n'était pas, pour cela, disposée
à faire le sacrifice de ses ressentiments. Les
plages de la Nouvelle-Calédonie la séduisaient,
sans doute, mais à la condition qu'elle pût y
savourer sa vengeance.

Puis, avant de songer à quitter la France,
elle devait venger une nouvelle injure, celle
que l'administration, dont elle dépendait, venait de lui faire.

XLII

Pendant que Carmen se consumait, à Clermont, en rages impuissantes, et rêvait de nouvelles vengeances, Madame de Baud et M. de

Prades cherchaient toujours leur fille. Seulement, ils la cherchaient, maintenant, sans espoir
de la trouver. C'était en vain que Richard, Didier
et Georges, Madame de Saire et Madame de
Baud, elle-même, avaient parcouru l'ouest de la
France et une partie du centre. Ils n'avaient
obtenu aucun indice sur la mystérieuse retraite
où Carmen avait laissé la petite Louise.

Revenue de son dernier voyage, Marcelle
désespérée avait pris le deuil de sa fille.

Et, cependant, leurs cœurs ne pouvaient être
morts à toute espérance, comme ils le croyaient
et comme nous venons de le dire ; Lucile de
Saire leur ayant conseillé un jour de régula-
riser, vis-à-vis du monde, leur position et de
se marier, pour légitimer leurs amours, Marcelle s'écria :

— Vous êtes donc persuadée que nous ne la
trouverons jamais !

— Je ne comprends pas, fit Lucile, je ne
vois pas quel rapport....

— Je ne me mariais pas avec Didier, inter-

rompit Madame de Baud, parce que, vous le
savez, mon oncle, M. du Couëdic, me refusait
son consentement. Je ne voulais pas m'attirer
sa colère et priver Louise de l'héritage qui
devait lui revenir. Mais aujourd'hui.... oui,
vous avez raison, qu'ai-je besoin de ménager
mon oncle? Je ne tiens pas à être riche puisque
je n'ai plus d'enfant.

Madame de Saire voulut se défendre; Marcelle l'interrompit, et se tournant vers M. de
Prades :

— Faites toutes les démarches, mon ami, je
vous donne mon entier consentement.

— Non, non, s'écria-t-il, le mariage est une
fête. Il n'y a plus de fête pour nous!

Leur douleur était plus contenue qu'autrefois, plus calme et plus silencieuse, mais qui
les connaissait devinait leurs souffrances et
voyait bien qu'ils ne se consoleraient jamais.

A la fin de l'hiver, dans les derniers jours
du mois de mars, Madame de Baud reçut une
lettre de Bretagne. Elle était écrite par un

prêtre de Saint-Brieuc, son ancien directeur et le conseiller de ses jeunes années.

« Ma chère enfant, disait la lettre, si je n'ai pas tenu ma promesse de vous donner des nouvelles du Couëdic, c'est que je n'y allais plus. Votre oncle, depuis longtemps, s'était enfermé dans son vieux manoir et refusait d'y recevoir même ses meilleurs amis.

« Hier, cependant, il m'a fait appeler; je suis accouru comme bien vous pensez, et je l'ai trouvé très-changé, très-affaibli, très-souffrant... Nous avons parlé de vous; il était toujours furieux de vos projets de mariage avec le fils d'un ennemi et d'un renégat... C'est ainsi qu'il traite encore ce pauvre baron de Prades si charmant, et à qui, malgré ses fautes, je n'ai jamais pu, pour mon compte, en vouloir... J'ai dit à M. Du Couëdic ce que je pensais à votre sujet. — J'ai défendu, de mon mieux, ma chère petite pénitente d'autrefois, j'ai prié Dieu de me venir en aide et de me donner un peu d'éloquence. Dieu m'a entendu et votre oncle veut vous voir. Venez vite, chère enfant, venez vite... je n'ai pas osé vous le dire franchement au début de ma lettre, je ménageais votre bon petit cœur... le pauvre marquis n'a plus longtemps à vivre. »

Deux jours après avoir reçu ces nouvelles, Madame de Baud arrivait au Couëdic. Un vieux serviteur la conduisit, aussitôt, auprès de son oncle.

Il était seul, étendu dans un grand fauteuil, près de la croisée ouverte.

— Te voilà! fit-il, tandis que Marcelle, agenouillée devant lui, couvrait de baisers ses mains amaigries et blanches comme si le sang s'était déjà retiré. C'est le curé qui l'a voulu, je ne voulais pas, moi... je disais : à quoi bon... elle ne m'aime plus, puisqu'elle aime le fils de mon ennemi, puisqu'elle m'a sacrifié à ce... je me tais... je me tais... je me suis confessé hier... Mais le curé a si longtemps plaidé ta cause... Notre Bretagne est perdue... les prêtres eux-mêmes deviennent

libéraux... celui-là s'est moqué de mes vieilles
idées... il m'a prêché le pardon, comme si l'on
ne devait pas, avant tout, soutenir les principes...
Enfin j'ai pardonné... te voilà, te voilà...
Maintenant, approche-toi, là, plus près, j'ai à
te parler... c'est pressé... mes forces dimi-
nuent d'heure en heure... Ne pleure pas...
ne pleure pas... Dieu m'appelle, que sa volonté
soit faite !

Marcelle s'étant approchée, M. Du Couëdic
continua :

— Tu as cru que je ne t'aimais plus... Est-ce
que c'était possible !... Je t'en voulais, j'étais
furieux contre toi... mais je t'aimais toujours... N'as-tu pas été longtemps ma fille...
Ne l'es-tu pas pas encore ?.... Tu vas voir
si je ne t'aimais pas... Au commencement de
cet hiver... un jour que ton souvenir me
tourmentait, je voulus revoir tes lieux de promenades favorites, la tour de Cesson, la rivière
du Gouët et tes chers rochers de Paimpol...
Je marchais lentement, car c'était déjà... le

commencement de la fin... lorsque, tout à
coup, au détour d'un sentier, m'apparut... une
petite fille de quatre à cinq ans... Elle était
jolie comme tu l'étais à cet âge... et je crus te
voir.. Oui... tu m'apparus... Je m'avançai
vers une femme qui se tenait auprès de l'enfant et je lui demandai si elle était sa mère...
«Non, Monsieur le marquis, me dit-elle, sa mère,
une dame de Paris qui s'était fixée dans notre
pays, depuis quelque temps, nous a quittés, il
y a bientôt un mois, en disant qu'elle revien-
drait le lendemain, et en me priant de veiller
sur l'enfant. Elle n'est pas revenue et je ne
sais plus que faire de cette petite; j'ai mon
travail qui m'oblige à la quitter et d'autres
enfants à nourrir.» Alors j'ai dit à cette femme
que je me chargeais de la pauvre abandonnée;
que si l'on revoyait sa mère, on l'envoyât au
château... On ne l'a plus revue; l'enfant
est toujours ici, et je te supplie, Marcelle,
quand je ne serai plus, de veiller sur elle,
puisque je l'ai aimée par amour de toi...

Marcelle ne l'écoutait plus, elle s'était élan-
cée vers la porte et criait : L'enfant ! l'enfant !
amenez-moi l'enfant !

On accourut lui dire qu'elle jouait dans le
parc, là-bas, près du rocher.

Elle s'élança dans la direction indiquée,
rejoignit la petite fille, la prit dans ses bras,
la regarda et s'évanouit.

C'était Louise !

XLIII

Un commencement d'incendie a eu lieu,
l'année dernière, dans la maison centrale de
Clermont. On a fait aussitôt une enquête, d'où
il est résulté que le feu avait été allumé par
Carmen Lelièvre. Son procès s'est instruit, et
la cour d'assises de l'Oise l'a condamnée aux
travaux forcés à perpétuité.

Comme un crime commis dans une maison
centrale doit être, sinon d'après la loi, du

moins d'après les usages établis, expié dans la maison où il a été commis, Carmen Lelièvre n'a pas quitté Clermont. Elle est voisine de cellule de la Quiniou et son exaspération est telle que les médecins commencent à la croire folle, et qu'il est question de la transporter dans un établissement d'aliénés.

. . . .

. . . .

. . . .

M. de Prades et Madame de Baud se sont mariés, trois mois après la mort de M. Du Couëdic, qui a laissé toute sa fortune à Marcelle.

M. de Prades a renoncé au théâtre pour prendre un intérêt dans la charge de M. de Saire.

Louise et Jeanne ne se quittent plus et grandiront sans doute ensemble. Richard administre la terre du Couëdic que M. et Madame de Prades ne vendront jamais, à cause des souvenirs qu'elle leur rappelle. N'est-ce pas là qu'ils se sont aimés et qu'ils ont retrouvé leur fille?

Madame Vitel semble s'être retirée du monde. Elle vit, toute l'année, sur sa terre des Grands Bois et ne fait plus de mystérieux voyages. Georges de Saire ne serait-il pas, indirectement, cause de cette conversion?

FIN

D'UNE MAISON CENTRALE DE FEMMES

et de toute la série

DES MYSTÈRES MONDAINS

Paris-Imp. PAUL DUPONT, 41 rue Jean-Jacques-Rousseau. — 1986.7.75.

LIBRAIRIE DE E. DENTU, ÉDITEUR. — PALAIS-ROYAL

OUVRAGES DU MÊME AUTEUR

LES MYSTÈRES MONDAINS, 8e édition, 1 vol. gr. in-18. 3 fr. »
LES BAIGNEUSES DE TROUVILLE, suite aux *Mystères* 3 fr. »
Mme VITEL ET Mlle LELIÈVRE, suite aux *Baigneuses de Trouville*, 6e édition 1 vol. gr. in-18. . . . . 2 fr. »
MADEMOISELLE GIRAUD, MA FEMME, 42e édition, 1 vol. grand in-18 . . . . 3 fr. »
HÉLÈNE ET MATHILDE, 10e édition, 1 vol. grand in-18. 3 fr. »
LA FEMME DE FEU, 33e édition, 1 vol. grand in-18. . . 3 fr. »
DEUX FEMMES, 6e édition, 1 vol. grand in-18. . . . . . 3 fr. »
L'ARTICLE 47, 9e édition, 1 vol. grand in-18. . . . . . 3 fr. »
LE PARRICIDE (en collaboration avec J. DAUTIN), 5e édition, 1 vol. grand in-18. . . . . 3 fr. »
DAGOLARD ET LUBIN (en collaboration avec J. DAUTIN), 4e édition, 1 vol. grand in-18 . . . . 3 fr. »

Sous presse :

LE SECRET TERRIBLE, 1 vol. grand in-18 jésus. . . . 3 fr. »

COLLECTION GRAND IN-18 A 3 FR. ET A 3 FR. 50 LE VOL. — PUBLICATIONS RÉCENTES

Gustave Aimard . . .	La belle Rivière	2 vol.
Albéric Second.	Les demoiselles du Ronçay. . .	1
Alfred Assollant.	Le Puy de Montchal.	1
Barbey d'Aurevilly. . .	Les Diaboliques	1
Elie Berthet.	Les Oreilles du Banquier. . .	1
F. du Boisgobey	La Tresse blonde	1
Eug. Chavette	La Chiffarde.	2
J. Claretie.	Les Muscadins.	2
E. Daudet.	Le Roman de Delphine. . .	1
Alphonse Daudet. . . .	Robert Helmont.	1
Charles Diguet.	Amours Parisiens	1
E. Enault.	Gabrielle de Célestange. . .	1
Paul Féval.	Le Chevalier de Keramour. . .	1
Emile Gaboriau. . . .	L'Argent des autres	2
G. de Genouillac. . . .	Les Voleurs de femmes . . .	1
Gontran Borys.	Finette	1
M.-L. Gagneur.	Les Crimes de l'Amour. . .	1
Arsène Houssaye. . . .	Le Roman des femmes qui ont aimé	1
Charles Joliet.	Les Filles d'enfer.	1
Victor Perceval.	Le Roman d'une paysanne. . .	1
P. Saunière.	Les deux Rivales.	1
L. Stapleaux.	Les Compagnons du Glaive . .	2
Edouard Cadol.	Rose ou la Vie de théâtre . . .	1
Albert Delpit.	La Vengeresse.	2
Charles Deulin.	Contes du roi Cambrinus. . .	1
Xavier Eyma.	Les Gamineries de Mme Rivière.	1
Ferdinand Fabre. . . .	Le Marquis de Pierrerue. . .	2
Fervacques.	Mémoires d'un Décavé. . .	1
M. de Lescure	Les Chevaliers de la Mouche à miel	2
Paul Perret.	Les Bonnes filles d'Eve. . . .	1
Tony Révillon.	La Séparée.	1

Paris-Imp. PAUL DUPONT, 41, rue Jean-Jacques-Rousseau. — 2813.8.5.